集英社オレンジ文庫

# 捕まらない男

## 〜警視庁特殊能力係〜

愁堂れな

本書は書き下ろしです。

# 捕まらない男

## 警視庁特殊能力係

TSUKAMARANAI OTOKO

Rena Shuhdoh

# 1

あれは指名手配犯のリストの五十三ページ目に掲載されている詐欺師《さぎし》の藤岡大也《ふじおかだいや》だ。

麻生瞬《あそうしゅん》は確信し、ごくりと唾《つば》を飲み込んだ。

写真とは随分《ずいぶん》と印象が違うが間違いない。どれだけ変装しようとも――たとえ整形手術で顔を変えていようとも、瞬はもとの顔を見抜くことができた。というのも彼は一度会った、若《も》しくは見た人間の顔を『忘れない』という特技の持ち主なのである。

そんな『特殊能力』を持つ彼の現職は、警視庁刑事部捜査一課の刑事だった。とはいえ、現在進行中の事件の捜査をすることは滅多《めった》にない。約三年前、密かに発足した見当たり捜査に特化した係である『特殊能力係』通称『特能《とくのう》』に新人として今年配属された瞬は、天から与えられたその能力で、配属後十数名の指名手配犯を市井《しせい》で見つけ出し、逮捕へと導いている。

特殊能力係は瞬と彼の上司、係長の徳永潤一郎《とくながじゅんいちろう》の二人のチームだった。いつものように瞬は徳永に藤岡を発見した旨《むね》連絡を入れ、指示を仰《あお》ぐことにした。

「歌舞伎座《かぶきざ》前で藤岡大也を発見しました。今のところ一人で、晴海《はるみ》通りを築地《つきじ》のほうに向かっているようです」

今日、徳永が見当たり捜査の場所に選んだのは東銀座《ひがしぎんざ》だった。ちょうど歌舞伎座から大勢の観客が吐き出されてくる時間帯で、少しでも目を離すと見失いそうになる、と電話を耳に当てながらも必死で男の背を目で追っていた瞬の耳に、珍しくも緊迫した様子の徳永の声が響く。

『絶対に見失うなよ。心していけ』

「……っ。わかりました」

徳永の激しい語調に、瞬はぎょっとした。が、すぐに返事をし、通話を終えた。

冷静沈着という言葉は彼のためにあるのではという印象の徳永にしては、珍しく感情的になっている。その理由は、と瞬はリストの藤岡のページに書かれていた内容を思い起こした。

指名手配されることになった詐欺の被害が十数件書き連ねてあった。その数だけ逮捕を免れてきたということが徳永を昂《たかぶ》らせているのだろうか。

そもそも、藤岡はなぜ逮捕を免れているのか。余程逃げ足が速いとか？

だとしたらそれこそ、気を抜かずに追わねば、と、瞬は気持ちも新たに男の後ろ姿を目で追い続けた。

身長は百八十センチ弱。頭が小さく足が長い。日本人離れしたスタイルの良さだが、それゆえ周囲からは浮き上がって見えるので見失うことはない。もしや今があの詐欺師を逮捕する千載一遇《せんざいいちぐう》のチャンスなのではないか。緊張を高めながら瞬は男のあとを追った。

築地本願寺《ほんがんじ》のある新大橋《しんおおはし》通りを、藤岡と思われる男は曲がった。駅の改札が近くにある。地下鉄に乗るつもりだろうかと距離を詰めていた瞬は、後ろから肩を叩かれ、はっとして振り返った。

「間違いない。藤岡だ」

いつの間にかすぐ背後まで近づいていたのは徳永だった。理知的な印象を周囲に与える縁無し眼鏡《めがね》の奥の瞳が厳しい光を湛《たた》えている。徳永も身長百八十センチ超で日本人離れしたスタイルの良さを誇る美丈夫《びじょうふ》なのだが、見当たり捜査の際の彼は完璧《かんぺき》に街に溶け込んでおり、目立つことはないのだった。

今日もまた、瞬にまったく気配を感じさせず近づいてきた彼の視線の先には藤岡がいる。

「はい」

「捜査二課とも連携している。今日こそ、逮捕してやる」

「はいっ」

徳永の意気込みをこれでもかというほど感じ、瞬が大きく頷《うなず》く。声は抑えていたし、かなり距離もあったので瞬の声が届いたとは思えないのだが、そのとき藤岡がちらと瞬のいるほうを振り返った。

「……っ」

反応しそうになるのを堪え、平静さを保つ。藤岡の視線はすぐに前に向き、気づかれたわけではなさそうだ、と安堵《あんど》のあまり瞬は息を吐き出した。

「あっ」

しかし次の瞬間、藤岡が動いた。ちょうど通りかかった路地へと素早く曲がったのを見て、瞬と徳永は焦って彼のあとを追おうとした。

「気づかれたんでしょうか。俺が……っ」

すみません、と謝罪する瞬を徳永はちらと見たが、言葉をかけてくることはなかった。

路上にいたスーツの男が数名、藤岡が曲がった路地へと駆け出す。彼らは詐欺犯などを取り締まる捜査二課の刑事たちだった。

「あの距離でお前の声が聞こえるわけがない。偶然だ」

「だといいんですが……」

視界に捜査二課の刑事たちが右往左往《うおうさおう》している様子が飛び込んでくる。逃がしたということかと察した瞬の口からは深い溜め息が漏《も》れていた。

しかし諦めるわけにはいかない、と、藤岡が曲がった路地へと徳永と二人して曲がり、周囲を見渡す。

「まだ遠くには行けていないはずだ。何がなんでも見つけ出せ！」

年配の刑事が声を張り上げる中、瞬と徳永も藤岡の長身を必死で捜したが、結局姿を見出せないままに終わってしまった。

警視庁に戻ったあとも、瞬は落ち込んでいた。

「お前のせいじゃないと、俺は言ったよな？」

見かねたらしい徳永が確認を取ってきたが、瞬はどうにも藤岡が自分のほうを見たとしか思えなかった。

自分が街に溶け込んでおらず、いかにも警察官に見えたということではないのか。なんとしてでも今日逮捕するという徳永の気迫を目《ま》の当たりにしていただけに、いくら反省してもし足りないと溜め息を漏らしそうになり、瞬は唇を噛《か》んで堪えた。

溜め息をつきたいのは徳永のほうだ。自分に溜め息をつく資格などない。取り返しのつかないことをしてしまった——相当思い詰めていた瞬は、徳永に声をかけられ、はっと我に返った。

「飲みに行くぞ」

「え？　でも……」

どう考えても気を遣われている。失態を演じた挙げ句にそれを慰めてもらうなど、申し訳ないが過ぎる、と瞬は、今日ばかりは辞退しようとしたのだが、それを見越したらしい徳永に、

「いいから来い」

とほぼ強引に執務室の外へと連れ出されてしまった。

徳永が瞬を連れていったのは、いつもの『三幸園《さんこうえん》』だった。神保町《じんぼうちょう》にある中華料理店で、まだ早い時間ゆえ空いていた三階の小さな座敷に上がり込む。

「生二つと餃子《ギョウザ》三枚」

いつもであれば徳永は瞬の希望を聞いてからオーダーするのだが、今日は彼の独断で案内してくれた店員にそう告げ、先に座敷に座った。瞬もまた徳永の前に座る。

ビールはすぐに運ばれてきた。

「ほら」

徳永に促され、瞬もジョッキを持ち上げる。

「落ち込む必要などない。言っただろう？　お前のせいではないと」

ジョッキを傾けながら、徳永がいつものように淡々とした口調で話し始める。

「……しかし……奴は間違いなく、俺を見たと思うんです」

それで刑事と見抜かれ、姿を消された。反省を胸に項垂《うなだ》れた瞬の肩を、テーブル越し、徳永がぽんと叩く。

「俺は、奴は俺を見たと感じた。俺達以外にも『自分を見た』と感じた捜査官は何人もいる。奴を逃すときは常にそのパターンだ。実際、誰が見られたのかは一度も明らかになっていない。藤岡が逮捕されていないからな」

「……皆が見られた気がする……んですか？」

状況としてよくわからない、と瞬は問い返したあとに、もしや徳永の気遣いかと気づく。

「嘘ではないぞ。だいたいどうして俺が嘘をついてまでお前をフォローしてやらねばならない？」

「……っ。そうですよね」

言われてみれば、と瞬は瞬時にして納得したあと、羞恥《しゅうち》に顔を赤らめた。

「す、すみません。決してそこまでしていただけると思っていたわけではないので……っ」

どれだけ自分が気を遣われる立場だと思っているというのか。とんだ勘違いだと己を恥じていた瞬の肩を、再び徳永がぽんと叩く。

「冗談だ。そろそろ餃子も来るだろう。あとの注文は任せたぞ」

「はい……はい！　わかりました！」

やはり気遣い——というか、フォローは確実にしてもらっていると実感し、瞬は大きく頷いた。

「声が大きい」

いつもの注意が飛んだことでますますそれを実感するも、口に出すことではないと言葉を呑《の》み込み、メニューを手に取る。

本当に自分はいい上司に恵まれている。瞬が心の底から感謝しているうちに注文した餃子が運ばれてきたため、いつものようにニラ玉やら肉団子やらをオーダーし、暫《しば》し焼きたての餃子をその『恵まれた』上司と共に瞬は美味《おい》しく味わったのだった。

一通り注文の品が運ばれたあと、瞬は改めて今日逮捕し損ねた詐欺師、藤岡について徳永に問うてみることにした。

「藤岡に逮捕歴はありましたよね」

「ああ。彼がごくごく若い頃にな。二、三度は逮捕されている」

「主に結婚詐欺でしたっけ。あ、投資詐欺もあったか……。十二件の被害届が出ているって、すごい数ですね」

今日見た藤岡は、長身のイケメンだった。騙《だま》される女性もいるだろう。思い起こしつつ尋ねた瞬は、徳永の返しに啞然《あぜん》とすることになった。

「あくまでも被害届が出た件数だからな。泣き寝入りはその十倍はいるだろう」

「十倍って、百件越しますよ!?」

まさか、と瞬は思わず大声を上げたが、苦虫《にがむし》を嚙み潰したような徳永の表情を見るに、誇張表現ではなく事実なのか、と驚きを新たにした。

「マジですか……」

「ああ。狙い所が絶妙——という表現はどうかと思うが、被害者が泣き寝入りする程度の金額を常に狙っている。世間体《せけんてい》から訴え出ない被害者もかなりいるという話だ。その辺の見極めが天才的なんだろうな」

徳永の目には怒りの炎が燃えている。『泣き寝入り』を狙って被害者を選定していると思《おぼ》しき藤岡の卑怯《ひきょう》さを嫌悪しているのだろうと瞬は察すると同時に、彼もまた藤岡に対し嫌悪を覚えた。

捕まらないための手段を講じるなど卑怯だ。訴えがなくとも彼が罪を犯したことは間違いない。相応の罰を受けるべきだが、何度も逮捕を免れているという。なぜ逮捕できないのだろう。自分も今日、逃げられただけにその理由は知りたい。とはいえ理由がわかっていれば、対応策は即、取られるだろうから、わかっていないということなのだろうか。

ううん、と唸《うな》ってしまっていた瞬は、徳永に声をかけられ、はっと我に返った。

「ビール、貰《もら》うか？」

「あ、すみません。はい！　注文してきます」

見れば徳永のジョッキも空《から》になりそうである。しまった、と慌てて立ち上がろうとした瞬に徳永が、

「紹興酒《しょうこうしゅ》にするか」

と提案してきた。

「熱燗《あつかん》でしたっけ？」

瞬も紹興酒は好きだった。熱燗に氷砂糖を入れて飲むのを好んでいる。ちなみに徳永は砂糖を入れない派だった。

「ああ。頼む」

徳永が頷《うなず》いたとき、タイミングよく店員が注文の品を持ってきたので、瞬は彼に紹興酒

のボトルを熱燗で、と、オーダーし、追加で餃子も頼んだ。

「……にしても、不思議ですよね」

店員が去ったあと、瞬は己の疑問を改めて徳永にぶつけた。

「どうして毎回逮捕を免れるんでしょう。余程勘がいいんでしょうか」

「だろうな。己の身に迫る危険を察知できるのかもしれない」

「すごい『特殊能力』ですね」

犯罪者なら、誰もが持ちたい能力であるに違いない。つい感心してしまった瞬の前で徳永は、

「まあそうだよな」

と苦笑していたが、彼の表情には悔《くや》しさが滲《にじ》んでおり、感心などしている場合ではなかったと瞬は瞬時にして反省したのだった。

さほど会話は弾まなかったが、徳永とは終電近くまで飲むことになった。

「お疲れ」

「お疲れさまでした！」

駅で別れ、混んだ地下鉄に揺られながら瞬は、明日、出勤したら藤岡の過去の罪状について調べてみようかと漠然《ばくぜん》と考えていた。

勘のいい詐欺師《さぎし》。まあ、詐欺師になるには『勘のよさ』が必須となるのは軽く想像できる。にしても、そうも逮捕を免れる勘のよさとなると、やはり特殊能力の一つなのではないか、と首を傾《かし》げたあたりで乗換え駅に到着し、瞬は地下鉄を降りた。

最寄り駅への電車は結局終電となった。それゆえ混雑していた電車に揺られ、駅に到着すると瞬は喉《のど》の渇《かわ》きを覚え、コンビニに寄ることにした。

好んで食べているエクレアを見かけ、手にとる。この時間なら同居人は起きているかも、と二つ購入し、帰路を急ぐ瞬の頭には未だ藤岡の『勘のよさ』についての考察が宿ったままだった。

「ただいま」

自宅マンションに到着し、予想どおりまだ明かりのついていたリビングに足を踏み入れる。

「酒くさ」

ダイニングテーブルでパソコンに向かっていた瞬の同居人が、あからさまなほど嫌な顔をしてみせる。

彼の名は佐生正史《さそうせいし》。瞬の幼馴染《おさななじ》みであり、今は有名私大の医学部に通いながら小説家として世に出ることを願っている。

瞬の両親は今海外に駐在中であり、一人暮らしとなった瞬のもとに佐生が転がり込んできたのだった。というのも今では和解しているが、当時佐生は叔父《おじ》との関係が最悪で、瞬のところに逃げ込んできたのである。

佐生は誰もが知る政治家の一人息子だが、とある事情から両親を亡くしたあと、叔父のもとに引き取られた。叔父は大病院の院長で、自分に子供がいないこともあり、また亡くなった佐生の父のかわりに立派に佐生を育てたいという気概《きがい》もあって、佐生を自分の跡継ぎにするべく医者を目指させたのだったが、佐生には小説家になりたいという夢があり、叔父に反発していた。

ある事件に佐生が巻き込まれたことで、その身を案じた叔父との関係は改善し、自分のあとは継がなくてもいいが、将来のことを考え大学は卒業しろ、医師免許は取れ、と佐生の夢を肯定してくれたということである。

関係は改善したのであるから佐生は叔父の家に戻ってもよさそうなものなのだが、瞬との生活がよほど心地よいのか、または小説のネタのためか——佐生が書いているのはミステリーなのだった——未だ同居を続けている。

「祝杯でも挙げてきたのかよ」

水、飲むか？　と聞いてくれながら、佐生が問いかけてきたのに、瞬はつい、

「いや、逆」

と、正直なところを答えたあとに、しまった、と首を竦《すく》めた。佐生の興味を惹《ひ》いてしまうに違いないと案じたからだが、瞬の心配したとおり、佐生の目が輝いたかと思うと身を乗り出し、ワイドショーのレポーター顔負けの質問を投げかけてきたのだった。

「え？　反対ってどういうこと？　見当たり捜査に失敗したってことか？　それで自棄《やけ》酒《ざけ》？　にしても珍しいじゃないか。今まで失敗したことなんてなかったよな？　失敗って取り逃したってことか？　どうして？　どうしてそんな状況に？」

「それがわかれば苦労はないんだよ」

「どういうこと？　大丈夫、絶対ネタにもしないし、誰にも喋《しゃべ》らないから。それに二人で考えたら何かヒントが摑《つか》めるかもよ？」

佐生は何がなんでも聞き出すつもりのようで、彼のほうからあれこれ質問を始める。

「指名手配犯を取り逃したんだよな？　逮捕しようとしたら抵抗されたとか？　でもそれなら瞬が『それがわかれば苦労はない』なんて言わないよな。だとしたら、尾行に気づか

れて撒《ま》かれたとか？　なんで気づかれたのかがわからない。そういうこと？」

「お前、凄《すご》いな」

　まさにそのとおりだ、と、感心したせいで瞬はつい、彼の話を肯定するような言葉を告げてしまった。

「え？　当たり？　やったあ」

　佐生が嬉しげな声を上げる。が、すぐに喜んでいい内容ではないと気づいたらしく、謝って寄越した。

「ごめん。逮捕できなかったことを喜んだわけじゃないんだ」

「わかってる。推理が当たったことを喜んだんだよな。さすがミステリー作家だと、今、実感してるよ」

　そこまでわかっているのならもう、仕方がない。彼が言ったように、二人で考えた結果何かヒントが摑めることを期待することにしよう、と瞬は腹を括《くく》ると、まずは買ってきたエクレアを食べよう、と佐生を誘った。

「お茶淹《い》れる。コーヒーか紅茶がいい？」

　うきうきと佐生が飲み物の準備を始めたのは、狙いどおり瞬が話すようになったのを喜んでいるからだろう。

エクレアには紅茶がいいか、と、佐生が淹れてくれた紅茶を飲み、エクレアを食べながら瞬は、今日、逮捕を逃した藤岡が、今までもなぜか捕まえることができないでいるという話を彼に明かしたのだった。

「なるほど。決して『捕まらない男』か」

佐生が感心した声を上げる。

「よっぽどついているのか、それとも勘がいいのか。俗《ぞく》に言う『持ってる』ってことなのかなあ。そんなに何回も見つかっているのに逮捕はできないというのは……」

うーん、と佐生が唸《うな》ったあと、考え考え喋り出す。

「何回も取り逃がしているので、警察は今、逮捕に慎重になっている。よくよく確かめて本人と断定してから動くことで、その準備の間に気づかれてしまうとか？　身構えすぎてかえって目立つ、みたいな」

「確かに慎重ではあったよ。過ぎるほどに。とはいえ、それぞれが細心の注意を払っていたのは間違いないと思う」

藤岡が急に路地を曲がった際、彼の行方《ゆくえ》を追うのにそれまで各々《おのおの》姿を隠していた捜査二課の刑事たちが姿を現したが、その人数の多さに驚いたものだった、と瞬はそれを佐生に告げた。

「警察が気づかれるようなヘマをするわけないか。だとするとやっぱり、運がいいか勘がいいってことなんだろうな」

言いながら佐生が「まさかとは思うけど」と何か思いついた顔になる。

「なに？」

「超能力者だったりして」

「…………」

いつミステリーからＳＦに鞍替《くらが》えしたのだか、と、瞬はつい、呆《あき》れた目で佐生を見てしまった。

「身体能力が突出しているって言いたかったんだよ。たとえば聴力が人並み外れていいとか、視力が５．０くらいあるとかさ。瞬の『忘れない』能力だって、一種の超能力といえるだろ？」

「聴力……あ」

佐生としては、例としてあげただけだと思われたが、その言葉が瞬の胸に刺さったのは、心当たりがあったからだった。

藤岡が本当に、人並み外れた聴力の持ち主だったとしたら、やはり自分の声が彼に届いたのではないか。

あのときはっきりと、藤岡は自分を見た気がする、と瞬は確信を深めた。警察に尾行されていると藤岡が気づいたのは、自分のせいだったのだ。きっと。

「瞬？　どうした？」

黙り込んだからだろう、佐生が心配そうに問うてくる。

「いや……あ、うん」

言い淀《よど》みはしたものの、瞬が結局佐生に自身の胸にある思いを明かしたのは、一人で抱えるには重すぎる後悔《こうかい》となっていたためだった。

「……俺のせいだと思ったんだ。やっぱり……俺の声が奴の耳に届いたんじゃないかと」

「ちょっと落ち着けって。聴力云々《うんぬん》は単なる俺の思いつきだから。だいたい、そんな能力持っている人間が存在するかどうかもわからないんだぞ。確率としては『存在しない』ほうが断然高いってことくらい、お前にもわかるだろ？」

慌てた様子で佐生がフォローしてくる。

「でも、そういう超能力……というか、特殊能力がないかぎり、逮捕を免れ続けるなんてこと、できないんじゃないか？」

「やっぱり運がいいとか、勘がいいとか、そっちじゃないの？　だいたい、人より耳がよかったとしても、色々耳に入ってくるその中から、自分にとって必要な情報だけ入手するとか、どう考えても難しすぎるだろう。まさに超能力だよ、それじゃ」

「……そう……だよな」

佐生に気を遣わせたことに対し、申し訳ないという気持ちが沸き起こっていたが、それ以上に瞬は、佐生の言う『超能力』が気になって仕方がなくなっていた。

夢のような話だとは思う。しかし、そうした特殊能力でもない限り、何度も逮捕を免れているという状況にはならないのではないかと、そう思えて仕方がない。

実際、特殊能力の持ち主だとして、どういった種類の能力なのだろうか。瞬は改めてそのことを考えてみた。

聴力は『アリ』な気がする。あとはなんだ。危機感を覚える能力？　よくいう『虫の知らせ』というようなものか。

その能力を封じることができれば、逮捕に繋《つな》がるのか。とはいえ封じる方法などあるのだろうか。

いつしか一人の思考の世界に入り込んでいた瞬だったが、佐生が、

「にしても、詐欺《さぎ》ってそんなにひっかかるものかね」

と呟《つぶや》いた声に我に返った。

「オレオレ詐欺にしてもさ、まずは子供や孫に電話しないかなあ。いくら電話越しだとい

って も、自分の子供の声と他人の声を間違えさせるだなんて、どういう技を使うんだか」

「本当だよな」

そうした詐欺被害はあとを絶たない。随分《ずいぶん》と巧妙な手口だということだが、それにしても佐生の言うとおり、まずは家族に連絡を取ってもらえれば防げるものも多いのではないかと、瞬もそう考えていた。

「とか言って、俺もひっかかるかもしれないから気をつけるけどさ」

佐生が笑うのに、

「そうして自覚しているのなら大丈夫なんじゃないか？」

と瞬は思うままを告げる。

「まあ、瞬は刑事だし、叔父《おじ》さん叔母《おば》さんは充分用心深いから詐欺に遭《あ》う心配はないだろうし、気をつけるとしたら俺自身としか思えないんだよ」

自虐《じぎゃく》的なコメントは本心からか、それとも笑いを取るためか。わからないながらも瞬は佐生に、

「まあ、気をつけるに越したことはないから」

と無難に返したのだったが、まさか翌日、彼の周囲で詐欺被害が起ころうとは、未来を見通す力のない瞬にも、そして佐生にも、予測できるものではなかった。

# 2

　翌日、瞬は早めに出勤すると、既に出勤していた徳永の横で、昨日逮捕しそこねた藤岡について、逮捕者のデータベースにアクセスし、調べ始めた。

　手配書に書いてあること以外に、めぼしい情報を得ることはできなかったが、徳永が言ったとおり逮捕されたのは今から十年前に二回だけであることを確認する。

　詐欺被害の届け出は十二件だが、届け出がないものは十倍以上あるという。百回以上、詐欺を行っているのに捕まらないというのは、やはり何かしらの特殊能力があるとしか考えられないような、と思いながら画面を見ていた瞬は、徳永に、

「昨日のことは引き摺《ず》るなよ」

　と声をかけられ、我に返った。

「はい。すみません」

「いや、気になって当然だろう。だが我々の任務は『見当たり捜査』だ。藤岡に気を取ら

れないように。わかっているだろうがな」

「はい。集中します」

申し訳ありません、と頭を下げた瞬の肩をぽんと叩くと徳永は、

「そろそろ出るか」

と誘ってきた。

「今日は東京駅……いや、新宿《しんじゅく》にしよう。東口を頼む。俺は西口を張る」

「わかりました」

見当たり捜査をする場所は、当日の朝、徳永が決める。今日のように言い直すことはあまりないため、瞬は戸惑いを覚えたが、すぐに、東京駅は昨日藤岡を見失った場所から近いからかと変更の理由に気づいた。

徳永との間には信頼関係は築けていると瞬は思う。しかし無意識のうちに自分が藤岡を探すのではないかと、それを案じたのかもしれない。

絶対にそんなことはしないとは言い切れないことに情けなさを覚えつつも瞬は、任務に集中していると態度で示すのが一層の信頼に繋がるのだから、と自身に言い聞かせ、徳永と共に新宿へと向かったのだった。

瞬としては、決して集中力を欠いたつもりはなかったのだが、その日の見当たり捜査は

空振《からぶ》りに終わった。

午後は吉祥寺《きちじょうじ》を張り込んだのだが、指名手配犯を見つけることはできず、午後六時で解散となった。

「俺は戻るが、お前はどうする？」

「あ、俺も戻ります」

徳永が問うてくれたのは、自宅が近いからだと思われたので、瞬は一度警視庁に戻ると答えたのだが、そのとき彼のスマートフォンが着信に震えた。

「すみません……あれ？」

かけてきたのが佐生とわかり、瞬は戸惑いの声を上げた。というのも、佐生は余程のことがないかぎり、電話をかけてはこないためである。

任務中であろうから、と、用事があるときはメールを送ってくるというのに、どうしたのか、と瞬は心配になったこともあって、徳永に、

「ちょっとすみません」

と断り、電話に出た。

「どうした？」

『あ、瞬、ごめん。仕事中に』

電話の向こうから佐生の動揺《どうよう》が伝わってくる。何があったというのか、と瞬まで緊張してしまいながら、焦って彼に問いかける。

「何があった？　大丈夫か？」

『うん。俺は全然。ただ、叔母さんが大丈夫じゃないんだ』

「叔母さんが？」

倒れでもしたのだろうか。つい先週、家を訪ねてくれたが、非常に元気そうだった。しかし『大丈夫じゃない』となると、心配である。

「麻生？」

声に緊迫感が表れたようで、傍にいた徳永が心配そうな顔になる。

「何があった？　佐生」

徳永に説明するためにも早く明かしてほしい。倒れたにしても叔母の容態があまり案じるものではないといい。切実にそう願っていた瞬だが、返ってきた佐生の言葉は彼の想像とは違うものだった。

『それが……叔母さん、詐欺に遭《あ》ったんだよ。オレオレ詐欺』

「なんだって!?」

期せずして昨日そのような会話を佐生としたが、叔母や叔父はしっかりしているから詐欺被害になど遭おうはずがないと二人して頷《うなず》き合ったばかりではないか、と、瞬は意外さから思わず大きな声を上げていた。

『今、警察から帰ってきた。瞬に話を聞いてほしいんだけど、今日、帰りは遅くなりそうかな』

「いや、すぐ戻る」

佐生の声音《こわね》が思い詰めている様子なのも気になった。が、瞬がそう返事をしたのは、あの叔母が詐欺被害に遭うなど、到底信じられなかったためだった。

『ありがとう。待ってる』

「ああ、すぐ帰るから」

宥《なだ》めるような口調を心がけつつ、瞬は佐生にそう告げると電話を切った。

「どうした」

電話を切った直後に徳永が問いかけてくる。

「それが……佐生の叔母さんが詐欺に遭ったそうなんです」

「……詐欺……どういった？」

徳永の眉間《みけん》に縦皺《たてじわ》が寄る。

「詳しくは聞いていなくて……すみません、今日はここで失礼してもいいでしょうか」

すぐに帰って話を聞き、自分にできることがあれば力になりたい。その思いから瞬は徳永に帰宅の許可を取ったのだが、それに対し徳永は予想外の返しをして寄越した。

「俺も行こう」

「え？　あの？」

戸惑いから声を上げてしまったものの、すぐ、徳永もまた佐生を案じてくれているのかと瞬は気づいた。

「ありがとうございます。散らかってますが……」

朝、家を出たときのリビングの雑然とした有様を思い起こし、つい、言い訳めいたことを口にした瞬の頭を徳永はぽんと叩くと、

「気にするな」

と微笑《ほほえ》み、行こう、と目で促した。

「タクシーにするか」

「そうですね」

そのほうが早く帰れる、と瞬が頷いたときには、既に徳永がタクシーを停めていた。

「すみません」

「早く乗れ」

こうした、他部署では若手がすべきとされていることを徳永は気にせず行う。上司に恵まれていると瞬は日頃から感謝しつつも、自分の不甲斐《ふがい》なさに落ち込みもするのだが、それを見越しているのか徳永は淡々と瞬に声をかけ、先にタクシーに乗り込んでいった。

瞬も慌てて乗り込み、行き先を告げる。

「一応、連絡を入れておきます」

佐生は徳永のファンなので、来ると予告しておいてやろう。ついでに部屋も片付けてもらえるとありがたい、と瞬は徳永に断ると、スマートフォンを取り出し佐生にかけはじめた。

『え？　徳永さん？　マジ？　どうしよう、ウチ、何もないよ！』

案《あん》の定《じょう》、佐生は動揺しつつも浮かれており、瞬は、帰宅後デリバリーで何かとればいいから、取り敢《あ》えず片付けろと告げ、電話を切った。

「大事《おおごと》になったたな」

隣で徳永が苦笑する。

「いや、散らかしているのは佐生なので」

瞬もまた笑ったのだが、それにしても詐欺とは、と、溜め息を漏《も》らしかけた。

「あ」

ふと、閃《ひらめ》くことがあり、徳永を見る。

「なんだ?」

「もしや藤岡が関係していると思われたんですか?」

徳永が来た理由はそこにあったのか、と思いつき、確認を取ったのだが、徳永は「いや」と首を横に振った。

「さすがにそれは期待していない。そこまで偶然が重なることはまずないだろうしな」

苦笑する徳永を見て瞬は、それはそうか、と、己の浅慮《せんりょ》を恥じた。

「そうですよね……すみません」

「いや」

謝る必要はない、と徳永は微笑んだあと、ぽつりと言葉を足した。

「被害額がさほど大きくないといいんだが……」

「はい」

オレオレ詐欺と言っていたが、一体どういう詐欺に遭ったというのだろう。佐生の叔母《おば》は物事に聡い上、豪胆《ごうたん》な性格でもあるので、詐欺被害からは最も遠いところにいるタイプだと瞬も思っていた。

そんな彼女が騙《だま》されるとは、よほど巧妙な手口を使われたのではないだろうか。早く話を聞きたい。そして自分にできることがないかを考えたい。その願いを胸に瞬はタクシーが自宅に到着するのを今や遅しと待ったのだった。

「ただいま」

「おかえり！　徳永さん、なんかすみません！」

徳永を連れ、玄関のドアを入ると、中から佐生が駆け出してきた。

「散らかってますが。あと、ビールしかないんですが。デリバリー、何にしましょう」

「お気遣いなく。それより大変だったね。話を聞かせてもらえるかな？」

「あ、はい。あの、それでは……」

とにかく中に、と佐生を先頭にし、リビングダイニングへと向かう。一応片づいていることに瞬は安堵《あんど》し、ダイニングのテーブルに三人して座ると、佐生が冷蔵庫から出してきたビールのプルタブをそれぞれに開けてから、佐生の話に徳永と共に耳を傾けることとなった。

「『オレオレ詐欺《さぎ》』って、お前を騙《かた》った電話があったってことか？」

佐生の叔父叔母に実子はいない。なのでそういうことになろうが、叔母と佐生は頻繁《ひんぱん》に会っており、そう簡単に騙せるものでもないような、と、瞬が問うと、佐生は、

「俺に関することではあったんだが、俺は登場しないいんだよ」

と溜め息交じりに答え、説明を始めた。

「俺が小説のネタのためにネットで大麻を購入しようとしたが、その相手が実はヤクザで、そのことをネタに俺は彼らに拉致《らち》られ、覚醒剤《かくせいざい》売買に協力しろと脅迫《きょうはく》されている。困った俺は同級生の木村《きむら》の父が弁護士をしていることを思い出し、ヤクザの目を盗んで電話をかけて相談、木村の父親は有名な弁護士事務所の所長だったため、父親にヤクザと話をつけてもらい、百万円で手打ちにしてもらった。ついては百万をすぐ用意してほしい——だいたいこんな話だった」

「叔母さん、その話を信じたのか？　お前に確認もせず？」

まずは確認をするだろうと瞬は思い、問いかけると、佐生は、

「勿論《もちろん》、電話をかけたそうだ」

と頷き、またも溜め息を漏らした。

「叔母さんに電話をかけてきたのは木村の父親を名乗る男で、どうやら俺は電話をかけているところをヤクザに見つかり、スマホを取り上げられたらしいと言われたそうだ。叔母さんも最初は詐欺を疑ったが、いくら俺にかけても通じないので、電話の男の話を信じるようになったって」

「どうして電話に出なかった？」

と、ここで徳永が問いを発した。

「そうだよ。なんで出ない？」

「今週、テスト期間なんだよ。携帯はほぼ電源切ってる。テスト中に鳴らさないように」

「なんてタイミングが悪い……」

瞬の言葉に、徳永が声を被《かぶ》せる。

「それも調べられていたんだろう」

「え？」

「俺のテスト期間を？」

瞬と佐生、二人して戸惑った声を上げるのに、徳永は「ああ」と頷くと、

「先に詐欺の顚末《てんまつ》を聞こうか」

と佐生に話の続きを促した。

「あ、はい。それで叔母さんのところに木村の父親の弁護士事務所の所員というのが来た。彼が言うには、ヤクザに、こんな大病院の親戚《しんせき》がいるとわかると、後々、つきまとわれる危険がある、もし彼らから連絡があり俺の名を出されても知らないで通すように、と指示があったって。と、そこにタイミングよく家の電話が鳴り、ヤクザと思《おぼ》しき粗暴な口調の男から、そちらの身内に『佐生正史』という男がいるかと聞かれたので、ますます彼の言

うことを信じてしまったんだそうです」

「それも詐欺師の仲間だったたってことか」

瞬が感心した声を上げた横で、徳永が口を開く。

「劇場型詐欺というやつだ。二重三重に罠《わな》をしかけ、辻褄《つじつま》を合わせていく」

「劇場型。聞いたことあります。まさにそれだったんですね。叔母は弁護士事務所の所員に百万、渡したそうです」

「詐欺と気づいたのは？」

「試験が終わったあと、叔母さんからの留守電に気づいて俺が電話をしたときだよ。『無事なの？』ってすごい勢いで聞かれ、事情を聞いてびっくりして、すぐ、会いに行ったんだ」

佐生がやりきれない顔になる。

「叔母さん、落ち込んじゃってさ。叔父《おじ》さんが、百万ですんでよかったじゃないかとフォローしても、ごめんなさいと泣きやまなくて……自分が詐欺に遭《あ》ったことも相当ショックみたいでさ、ほんと、可哀想《かわいそう》だったよ」

「……叔母さん、気の毒だな……」

落ち込む気持ちはわかる、と頷く瞬の声と、徳永の抑えた声が重なる。

「今の話を聞くに、佐生君自身も、叔母さんも、おそらく叔父さんや病院についても、詐欺グループが調べ上げている可能性が高い。よくよく気をつけたほうがいいな。勿論、警察としても必ず犯人を摘発するべく尽力するが」

「……確かに、そうですね。叔父が病院の院長だということも知っていたし、俺が試験のため携帯に出ないこともわかっていたとなると……薄ら寒い気がしますが」

佐生は言葉どおり、ぞっとした顔になったが、その彼の顔をますます強張《こわば》らせるような発言を徳永は続けた。

「一度詐欺に遭うと、騙されやすい人間だという認定がされ、詐欺師仲間の間で情報が回る。新たな詐欺に遭う機会が増えるんだ」

「なんですって!? そんな、また詐欺に遭うなんてことになったら、叔母さん、立ち直れませんよ」

「精神的にもだが、被害額についてもどんどん上がっていくことが多い。気をつけるに越したことはない」

「そんな……」

青ざめ、声を失う佐生を力づけたくて、瞬は声をかけた。

「佐生、暫《しばら》く叔母さんの傍にいてやったらどうだ?」

「……そうだな。俺の世話を焼くことで気が紛《まぎ》れるかもしれないし、それに傍にいれば詐欺も防げるかもしれないし」

「うん、それがいいよ。叔母さんもお前がいれば心強いと思うし」

瞬の言葉に佐生が「そうだな」と頷《うなず》く。

「早速、明日の朝、帰るよ。ああ、これから向かおうかな」

「そうだな。叔父さんがいるにしても、お前は確実に叔母さんの心の支えになれるだろうしね」

「息子みたいなものだからな」

満更でもない様子となった佐生だったが、瞬が、

「さっき自分でも言ってたけど、叔母さんもお前に小言《こごと》を言うことで、随分《ずいぶん》と気が紛れるんじゃないのか？」

と告げると、途端にがっかりした顔になった。

「え。そういう意味？　俺が頼りになるからじゃなくて？」

なんだあ、と肩を落とす佐生を見て瞬と徳永、二人して笑ってしまったことで、場の雰《ふん》囲気《いき》が随分と和《なご》んだ。

「佐生君についても、大学の試験の時期など、調べられている。身辺に注意したほうがい

いだろう」

「確かに。しかし、劇場型詐欺って、こんなに大掛かりなものなんですね」

佐生が感心した声を上げる。

「ターゲットを選んだらその周囲を調べ上げるという。今回の被害額は百万だったが、叔母さんがひっかかったことで、次は更に手の込んだ、そして金額が大きい詐欺を働こうとしてくる可能性は大きい」

「……俺の周囲にも詐欺グループの誰かがいるかもしれないということですね」

佐生は気味の悪そうな顔になったが、すぐ、

「こうしてはいられない」

と立ち上がった。

「すみません、これから叔母さんのところに向かいます。なんのお構いもできませんで」

頭を下げる佐生に対し、

「気にしなくていい。華子《はなこ》さんによろしく」

徳永も佐生の叔母を気遣っているらしく、笑顔でそう言葉を返す。

「ありがとうございます。叔母に伝えます」

「佐生、テストは？」

そっちの心配もあった、と問うた瞬に、佐生は、

「今日、終わったから大丈夫」

と笑顔で答え、

「支度《したく》してくる」

と言葉を残し、彼が使っている部屋へと向かっていった。

「俺も帰ろう」

徳永も立ち上がるのを、

「デリバリー、とりましょう」

と瞬はもう少し話したいこともあって引き留めた。

「ピザとかでいいですか？」

「なんでもいい。お前が食べたいもので」

「近くに美味《おい》しいピザとパスタのデリバリーの店があるんです。ワインも頼めたかな。それでいいですか？」

「ああ。いいな」

徳永が笑顔で頷いたとき、ちょうど支度を終えた佐生が部屋から出てきて、ダイニングにいる二人に声をかけてきた。

「それじゃ、行ってくる。あ、サルバトーレ？　なら割引券、あったから！」

二人が見ていたチラシで察したのか、佐生はそう言うと電話のところに行き、割引券を手渡してくれた。

「これ。いいなあ。俺も食べたかった」

「食べていく？」

「いや。早く行ったほうがいいと思うから」

それじゃあ、と佐生が玄関に向かう後ろに、瞬と徳永も続いた。

佐生を見送ったあとに、瞬は徳永と相談し、ピザとパスタ、それにワインを電話で注文し、来るのを待つ間、ビールを飲みながら佐生の叔母《おば》が被害に遭った詐欺《さぎ》事件について話し合った。

「佐生の叔母さん、本当にしっかりしているんですよ。だから倍、ショックだと思います」

「そうだな……」

徳永が抑えた溜め息を漏《も》らす。

「にしても、劇場型詐欺って、なんというか……凄《すご》い、という表現はちょっと違いますけど、大掛かりというかなんというか……」

感心することじゃないけれども、と告げた瞬に徳永は、

「グループの規模はかなり大きそうだな」

と苦々しげに頷いた。

「しかし、そこまで調査してペイするんでしょうか。あ、ペイっていうのも違いますね」

商売ではないのだから、と瞬が言い直そうとすると、

「言いたいことはわかる」

と徳永はそのまま話を続けた。

「多数の調査を同時進行しているんだろう。人海戦術で。数十人規模のグループではないかと思う」

「そんな大規模な……」

驚いていた瞬に向かい徳永は頷くと、「おそらく」と話を続けた。

「実際に佐生華子さんに顔を見せた男は、グループの末端の男だろう。警察の捜査では、蜥蜴《とかげ》の尻尾《しっぽ》切りよろしく末端の人間が捕まるばかりで、中核にいる人間に行き着くことができないのが現状だ。末端の人間は主謀者《しゅぼうしゃ》が誰かを知らされていないから」

「……主謀者を逮捕しないかぎり、詐欺被害が減ることはないと……」

もどかしいですね、と唸《うな》ったあと瞬は、もしや、と思いついたことを問うてみることに

した。

「藤岡も、詐欺組織の主謀者ということですか？」

「いや。彼は一匹狼だ。誰かとつるむことはない」

即座に言い返され、瞬は意外さから、

「そうなんですか」

と目を見開いた。

「一人で百件以上の詐欺を働いているって……しかも逮捕されていないって……」

凄すぎる。またも『凄い』という表現を使いそうになり、これでは賞賛しているように聞こえるか、と慌てて瞬は口を閉ざした。

「徳永さんは藤岡を、直接見たことはありますか？」

「ああ。ある。二度目の逮捕の際、その場にいた」

「そうだったんですか！」

藤岡のわずか二回の逮捕歴の中の一回が徳永の手によるものだったのか、と瞬は感心したのだが、そうと察したらしい徳永に、

「あくまでも『その場にいた』だけだ」

と訂正《ていせい》された。

「所轄《しょかつ》にいた頃の——まだ一年目だったか。その頃の話だ。手錠《てじょう》をかけたのは先輩で、俺はほぼ役に立っていなかった。その辺をうろうろしていただけだ」

「徳永さんにそんな時代があったなんて……」

信じられないと思った瞬は、すぐ、

「あ、謙遜《けんそん》ですか？」

と気づき、徳永に問いかけた。

「謙遜のわけがないだろう」

と、徳永が呆《あき》れた声を上げ、ビールを飲む。ちょうどそのタイミングでデリバリーのピザが到着したため、話題は一旦途切れたのだったが、貴重ともいうべき徳永の新人時代の話を聞けるとは、と、瞬はその夜、非常に有意義な時間を過ごすことができたと感動を新たにしたのだった。

# 3

翌日、瞬が出勤すると、地下二階の執務室には捜査一課三係の小池《こいけ》がいた。

「おはようございま……す？」

いつものことであるので普通に挨拶《あいさつ》をしかけたが、徳永の表情を見て一体何が起こっているのかと訝《いぶか》った瞬の語尾は疑問形となっていた。

「あ、瞬、おはよう」

小池がどこか安堵《あんど》した顔となり、挨拶を返してくれる。

「どうしたんです？」

この『特殊能力係』が発足する前まで、徳永は小池と同じ三係に所属していた。小池にとって徳永は部署が変わっても『尊敬する先輩』であるとのことで頻繁《ひんぱん》に出入りをしており、瞬のことも可愛《かわい》がってくれている気のいい体育会系の刑事である。

その小池がおろおろし、一方、徳永は不機嫌としかいいようのない様子であるため、小池が徳永を怒らせたのだろうかと案じ、瞬は問いを発したのだが、頭を掻《か》きながら小池が答えた内容を聞き、驚きの声を上げてしまったのだった。

「先日、捜査二課が逮捕を逃した詐欺師の藤岡、覚えてるよな？　彼に新たな容疑がかかっていることを報告に来たんだ」

「えっ。また詐欺を働いたんですか？」

警察に捕まりそうになったばかりだというのに、なんとも懲《こ》りない男だと、悪い意味で感心していた瞬だったが、小池の返しを聞いて驚いたあまり大きな声を上げてしまった。

「それが殺人なんだ」

「殺人!?」

詐欺より酷《ひど》いじゃないか、目を見開いた瞬に、小池が説明してくれる。

「神楽坂《かぐらざか》のマンションで主婦が殺されたんだが、現場から逃走する藤岡の姿が防犯カメラに映っていたんだよ」

「そうなんですね……」

頷《うなず》いた瞬の視線の先、徳永がますます不機嫌そうな顔になっている。その理由は？　と瞬が目で小池に問うと、小池は溜め息交じりに話し始める。

「徳永さんは、藤岡が殺人を犯すとは思えないと言ってるんだ」

「そうなんですか?」

根拠でもあるのだろうか。それにしても不機嫌になるとは、徳永らしくない、と瞬は徳永を見やった。小池もまた徳永へと視線を向け、それまでしていたと思《おぼ》しき話を進める。

「被害者の夫が勤務先の保険会社で横領を働き、それがバレて自殺、横領の動機が、妻が投資詐欺に遭《あ》ったその穴埋めということは裏が取れてます。詐欺の被害届は出ていませんが、藤岡がカモにした可能性は高いと、捜査本部では見ています」

「そこも違和感がある」

ここで徳永が口を挟む。むすっとした口調は不機嫌そのもので、何が彼をこうもむかつかせているのだろうと、瞬の疑問はますます膨らんでいった。

「違和感、ですか?」

小池も戸惑った顔になっている。

「ああ。自殺した夫についての捜査資料を見た。横領額は二億というが、藤岡はそんな無茶はしない」

「ああ……」

見極めが天才的だという話を聞いたばかりだった瞬は、つい、納得した声を上げたのだが、小池は即座に反論して寄越した。

「今までに藤岡はそれ以上の金額を騙《だま》し取ったことがあります。徳永さんもご存じですよね？」

「ああ、しかし藤岡は取れるところからしか取らない。そういうスタイルでやってきたはずだ」

「確かに詐欺師の名前は遺書には書いてありませんでした。しかし、加害者が藤岡ではない場合、彼が被害者宅を訪問する理由がわかりません」

「捜査本部では訪問理由について、どういう見解なんだ？」

　徳永が小池に問う。

「妻が呼び出したか、または藤岡がニュースで夫の死を知り、責任を感じて弔問《ちょうもん》にでも来たのではないかと……後者のほうが藤岡らしいといえばらしいのではと言われてました。皆、徳永さん同様、藤岡に対しては変な言いかたですが、一定の評価がありますよね」

　小池の言葉に徳永は、

「しかし殺人の容疑者にはされているんだろう？」

　と相変わらず不機嫌そうに問いかける。

「はい。妻が傍にあった果物ナイフで藤岡を刺そうとし、二人揉《も》み合っている間に藤岡が妻を刺して現場から逃走した――というのが捜査本部の見解です。マスコミ発表も間もなくされるはずです」

「…………」

徳永は何か言いかけたが、結局は無言で首を横に振った。

「すみません、そろそろ行きますね」

小池がバツの悪そうな顔をしつつ、徳永に頭を下げたあと、瞬には、

「またな」

と微笑《ほほえ》み、部屋を出ていく。

「徳永さん、あの……」

黙り込んだままの徳永の表情は厳しい。一体なぜ、彼はそうも藤岡が殺人を犯したことに対し否定的なのだろう。疑問を覚えた瞬は徳永に聞こうとしたのだが、徳永のほうが先に口を開いていた。

「今日は飯田橋《いいだばし》から神楽坂にかけてだ。出られるか？」

「あ、はい。大丈夫です」

返事をしながら瞬は、徳永の顔に焦燥感《しょうそう》が滲《にじ》み出していることに気づき、本当に珍しいなと密かに首を傾《かし》げた。

「飯田橋は久し振りですね」

もしや、と予測しつつ問いかけた瞬に、徳永が頷く。

「ああ。今、小池が言っていた事件の現場が神楽坂駅近くとなる」

「………」

やはりそうだったか、と瞬が目を見開くと、徳永は淡々とした口調で言葉を続けた。

「勿論《もちろん》、我々が行うのは通常どおりの見当たり捜査だ。殺人事件の捜査をしに行くわけではない。ただ……」

徳永が何かを言いかけ、黙る。

「『ただ』……？」

気になり、瞬が問うと徳永は、「いや」と首を横に振り、それ以上は語らなかった。

その日の見当たり捜査では、瞬は地下鉄の飯田橋駅から神楽坂を、徳永はＪＲの駅のほうを担当することになった。

殺人事件の現場は神楽坂だと聞いていたため、瞬は自分がこちらの担当でいいのだろうかと思ったのだが、徳永に問い質《ただ》すのも何かと思い、そのまま神楽坂を行き交う人々に目を配り始めた。

普段どおり、見当たり捜査に集中しようと心がけてはいたが、気づけば瞬は徳永の、いつにない様子を思い浮かべてしまっていた。

詐欺師《さぎし》の藤岡。なぜだか逮捕ができないという。それもまた不思議ではあるが、それ以上に不思議なのは、徳永の藤岡に対する認識だ、と瞬は一人首を傾げた。

藤岡が殺人を犯すはずがないと徳永は断言していたが、なぜ、確信を抱くことができるのか。そうも徳永は藤岡のことを熟知しているのだろうか。何かしらのかかわりでもあったとか？

藤岡が逮捕されたとき、その場にいたと話してくれたが、それだけの関係であるのなら、『殺人を犯すような人間ではない』と断言はできないのでは。

他にも徳永は藤岡について、被害者が横領をせざるを得なくなるような金額は詐取《さしゅ》しないとも断言していたが、そのことも瞬は気になったのだった。

詐欺を働くときの金額設定が絶妙だ。それゆえ被害届が出されないケースも多数あるという説明には納得できたが、藤岡は決して過剰《かじょう》な金額を詐取しないとああも断言されるとやはり違和感を覚える。

言い方は悪いが、過度なほどの信頼を寄せている気がする。そもそも詐欺師というのは犯罪者だ。法を犯している人間なのである。他人に金銭的被害を負わせている時点で、まっとうな倫理観《りんりかん》を持っているとはいえなくなるのではないか。

『まっとう』ではない倫理感が、『殺人を犯さない』だったり、『身を持ち崩させるほどの金額は詐取しない』ということなのだろうか。世の中は、白と黒、善と悪にきっぱりとわかれるというわけではないのか。

「あ」

瞬がいつの間にか入り込んでいた己の思考の世界から引き戻されたのは、視界に小池の姿を見つけたからだった。

「…………」

小池はちらと瞬を見たが、気づかぬふりをして通り過ぎていく。見当たり捜査官と面識があることを公《おおやけ》の場では明かさないでいてくれる理由は瞬には心当たりがあったため、彼のほうからも声をかけずにいたのだが、直後に瞬の携帯には小池からメッセージが入った。

『徳永さんもいるのか？』

『JRの駅のほうにいらっしゃいます』

返信をするとまたすぐ、小池からメッセージが届く。

『聞けるようなら、なぜ藤岡にそこまでの思い入れがあるのか、聞いておいてくれ』

「…………」

付き合いの長い小池にも理由はわからないらしい。となると自分も聞ける気がしないの

だが、取り敢《あ》えずは、

『承知しました』

と返信をし、スマートフォンをポケットに仕舞った。

昼まで飯田橋で見当たり捜査を続けたが、指名手配犯を見つけることはできなかった。

午後は新宿で張り込んだが、その日の見当たり捜査は空振《からぶ》りに終わり、六時過ぎに解散となった。

「お疲れ」

自分は警視庁には戻らないと告げ、踵《きびす》を返した徳永の背に瞬は思わず声をかけていた。

「徳永さん、もしよかったらメシ、行きませんか？」

「悪い。今日は……」

徳永は断ろうとしたように見えた。が、瞬が落胆《らくたん》するより前に気持ちを変えたらしく、

「寄りたいところがあるんだが、付き合うか？」

と問うてきた。

「はい。付き合います」

即答した瞬を前に、徳永が苦笑する。

「場所くらい聞けよ」

「あ、そうですね」

行き先が告げられていないことに対し、なんの疑問も持たず自分がついていこうとしたと改めて気づかされ、瞬は思わず目を見開いた。そんな彼の顔を見て徳永はまた苦笑すると、

「取り敢えず、食事に行こう」

と先に立って歩き出した。

「あ、もしかして」

『取り敢えず』ということは、『寄りたいところ』は食事のあとに行くつもりかと察したと同時に、瞬は徳永がどこに行こうとしているのかということにも気づいていた。

「ミトモさんの店ですか?」

「ああ」

頷《うなず》いたあと、徳永がぼそりと言葉を足す。

「完全に俺の……自己満足だ」

「…………」

それを聞き、瞬の頭に浮かんだのは、指名手配ファイルにあった藤岡の顔写真だった。

しかし確認を取るのはなぜか躊躇《ためら》われ、聞こえないふりをする。

た。


「『ねぎし』にでも行くか」

「牛タンですね。麦とろも好きなので嬉しいです」

そのまま話題は食事する店へと移り、その後、藤岡の名が二人の間で上ることはなかった。

八時すぎ、食事を終えた徳永と瞬は、新宿二丁目のゲイバー『three friends』のドアを開いた。

カランカランと響くカウベルの音と共に、店主であるミトモの、

「あら、徳永さんと坊やじゃない！」

という明るい声が響く。

ミトモというのは『新宿のヌシ』とも言われる情報屋で、彼から提供される情報の確度と迅速さには定評があり、瞬の知る限りでも、数回、徳永は彼に仕事を依頼している。

今日もまた依頼するのだろう。ターゲットはおそらく、殺人罪で行方《ゆくえ》を捜されている藤岡に違いない。

瞬はそう考えていたのだが、徳永はなかなか藤岡の名を口にしなかった。

「早いかと思ったんですが、店が開いていてよかったです」

「今日はイケメンが来る予感がしたので早めに開けたのよ。やっぱり私、冴えてたわ」

嬉しげな顔になるミトモは、エキゾチックな雰囲気《ふんいき》の美形なのだった。が、常連客かつ古い付き合いであるという新宿西署の刑事曰《いわ》く、美貌はメイクの賜《たまもの》だという。

「そうだわ。ヒサモがボトル入れたばかりなの。それ、飲んじゃいましょうか」

ヒサモというのは新宿西署の刑事の名なのだが、それを聞いて徳永は、ぎょっとした顔になった。

「いや、俺もこの間ボトル、入れましたよね」

「いいのよ、遠慮《えんりょ》しないで。それにきっともうすぐ来るわ」

「だとしたらますますマズいじゃないですか」

自分のボトルでお願いします、と徳永が告げたそのとき、カランカランとカウベルの音と共に、瞬にとっては最早馴染《もはやなじ》みのあるガラガラ声が店内に響き渡った。

「よ、ミトモ。相変わらず不景気な顔してやがんな……って、あれ？　徳永と瞬か？」

ずかずかとカウンターに近づいてきたのは、ミトモの古い馴染みであるという新宿西署の刑事、高円寺久茂《こうえんじひさも》だった。

「お久しぶりです」

高円寺の後ろから徳永と瞬に声をかけてきたのは、高円寺の友人、フリーのルポライター の藤原龍門《ふじわらりゅうもん》という男である。

「あら、本当に来たわね。適当に言ってたのに」

ミトモが驚いた顔になるのを見て、徳永も珍しくも驚いた声を上げる。

「適当だったんですか」

「まあ、毎日といっていいほど来てるから、適当ってわけでもないんだけどね」

ミトモはしれっとそう言うと、高円寺と藤原に、

「いらっしゃい」

と今更の歓迎の挨拶《あいさつ》をし、笑いかけた。

「徳永さんと坊やに、あんたらのボトル、ご馳走《ちそう》するんでいいわよね？」

「いや、逆に俺にご馳走させてください。いつも奢《おご》ってもらっているので」

慌てて徳永が告げるのに対し、高円寺は、

「どっちのボトルも飲みゃいいじゃねえか」

と鷹揚《おうよう》すぎる返しをし、徳永の隣のスツールに腰を下ろした。その隣に藤原も座り、ミトモが用意した四つのグラスをそれぞれ手に取り乾杯する。

「乾杯」

「チアーズ」

グラスをぶつけ合ったあと、瞬以外の全員がほぼ、一気といっていい勢いでグラスを空

ける。何をそんなに飲み急いでいるのだと驚きながらも、瞬もまたグラスを空けると、ミトモが四人のグラスをまた酒で満たし――因《ちな》みに高円寺のボトルからだった――徳永に問いかけてきた。

「プライベートで来てくれたのなら嬉しいけど、坊やがいるから違うわよね」

「いや、プライベートです」

即答した徳永の顔を高円寺が覗《のぞ》き込む。

「プライベートで来て楽しい店じゃねえぞ」

「何言ってんのよ。あんたたちだってプライベートでしょ」

ミトモが憤慨《ふんがい》した声を出すのに、フォローを入れたのは発言した高円寺ではなく藤原のほうだった。

「毎度大変楽しく飲んでますよ、ミトモさん」

「りゅーもんちゃん、可愛《かわい》いこと言ってくれるじゃない。ヒサモ、あんたも少しはアタシに媚《こ》びなさいよね」

ミトモは高円寺を睨《にら》んだが、高円寺はまるっと無視し、徳永に問いを発する。

「なんか気になることでもあんのか?」

「ああ」

徳永が躊躇《ためら》うことなく頷くのを見て瞬は、正直なところ、少しショックを受けた。

「藤岡大也……知ってるよな？」

「ああ。殺人の容疑で逮捕状が出てるな。詐欺《さぎ》の常習犯だったか。俺は担当してねぇが新宿西署の管轄《かんかつ》だ。しかし、詐欺師がなんで人を殺したのかね」

高円寺が不思議そうに問い返してくるのに、徳永が首を横に振る。

「違和感があるんだ。彼は人殺しなどするだろうかという」

「違和感？」

高円寺が問う横で、藤原が言葉を発する。

「なんとなく、わかる気がします。あの『捕まらない詐欺師』ですよね」

「りゅーもん、知ってんのか？」

高円寺が目を見開くのに、藤原は、

「前に興味を持って調べたことがあるんですよ」

と言ったかと思うと、上着の内ポケットから手帳を取り出し、捲《めく》りながら喋《しゃべ》り続けた。

「藤岡が捕まらない理由はわかっていません。ですが詐欺師としての彼の腕前は一級品――という表現でいいのかはわかりませんが――ではあります。彼は決して無茶はしない。被害者数名から話を聞いたんですが、皆が皆、口を揃えて『高い授業料だった』と言うんですよね。ちなみに全員、被害届は出していません」

「彼なりのポリシーがあるのではないかと思ったんですよ、俺は」

ここで徳永が口を開く。

「詐欺師のポリシー？」

それを聞いてミトモが茶々を入れてきたが、彼に対して徳永は真面目《まじめ》に、

「はい」

と頷くと、『ポリシー』の説明を始めた。

「藤岡は決してカモに無茶はさせない。結婚詐欺でも投資詐欺でも、借金してまでつぎ込ませることはしないんです。だからこそ被害届が出されないことが多いんですが」

「身の安全のためにリミッターを働かせているってことね」

即座に納得してみせたミトモと同じように感じていた瞬は、徳永が、

「いや……」

と否定しようとしてきたことに驚き、彼を見た。ミトモもまた興味深そうな視線を徳永へと向ける。

「すみません、それだけではないような気がしているんですが、確信はありません」

「あら、徳永さんとその詐欺師、何かワケアリなの？」

ミトモはますます興味を抱いたようで、カウンター越しに身を乗り出し、徳永に迫る。

「近《ち》え《け》って」

そんな彼の頭を、伸ばした手で高円寺は軽く叩くと、

「痛いわね」

と睨むミトモを無視し、徳永に話しかける。

「なるほど。だから違和感か。確か被害者の夫が会社の金を横領したのがバレて自殺したんだよな。金額は二億だったたか」

「ああ。藤岡ならそんな無茶をさせるようなことはしないだろうと、まずはそこに違和感を覚えたんだが」

「夫が欲かいたんじゃねえの？」

高円寺の言葉にミトモが、

「被害額以上の金をネコババしただけってことね。それはあるかもね」

と頷く。

「確かにその可能性はある……が」

徳永も頷いたが、彼が疑問に思っていることはその表情から瞬にもよくわかった。

「藤岡にはどういう殺人の容疑がかかってるんですか？」

藤原が高円寺と徳永に問う。

「以前カモにした人妻を彼女の自宅で殺害したとされてるんだよ。被害者本人が一一九番通報をしているんだが、その前後に防犯カメラに逃げていく藤岡の姿が映っていたため容疑者となった。慌てて出ていく映像だったしな」

「被害者の夫は、妻が詐欺に遭《あ》った金額を会社から横領しようとし、発覚したことで自殺しているんですよ」

高円寺が、徳永がそれぞれに説明をするのを聞き、藤原が首を傾《かし》げる。

「状況はわかりました……が、そもそも藤岡はなぜ被害者宅を訪れたんでしょう。自分から連絡をしたんでしょうか。被害者の人妻から連絡は取れませんよね？」

「おうよ。連絡先を知ってりゃ、警察に届け出るわな、普通」

高円寺もまた、藤原の横で首を傾げる。

「なるほど。徳永さんはアタシにその詐欺師について調べてほしいと、それで来てくれたのね」

ミトモが徳永の顔を覗き込む。

「はい。自分が担当している事件ではないのですが、やはりどうにも気になって」

「任せて。なんだっけ？　藤岡大也？　すぐに調べてみせるわよ。それにしてもアタシも鈍ったものよね。『捕まらない詐欺師』なんて二つ名のある犯罪者の名を知らないなんて」

口調は冗談めかしていたが、ミトモの目は真剣だ、と瞬は思わず彼を見つめてしまっていた。

「なによ」

視線に気づいたらしいミトモが、じろ、と瞬を睨《にら》んで寄越す。

「いえ。その……なんで彼は捕まらないのかなと、それが不思議で。特殊能力でもあるんじゃないかと……」

むっとされているとわかったので、何か言い訳を、と焦ったこともあり、瞬は以前、佐生と話していた内容を口走ってしまった。

「特殊能力……危険を察知するとか、そういうことかい？」

すかさず藤原が食いついてきたが、『これ』という答えまでは持っていなかったので瞬は、

「……どうなんですかね」

と首を傾げるしかなかった。

「抜群《ばつぐん》に勘が働くというのはあるのかもね。詐欺に遭っても警察には訴えないであろうというカモを選ぶのが得意だったようだし」

「勘ねえ。まあ、勘なんだろうなあ。十年近く逮捕されてねえもんな。その間ずっと、詐欺を働いているにもかかわらず」

ミトモの、そして高円寺の言葉に、徳永もまた「そうですね」と頷《うなず》いている。『刑事の勘』といわれるものが実際存在するように、犯罪者には犯罪者の、詐欺師には詐欺師の勘があるということなんだろうか。

やっかいなことだ、と溜め息を漏《も》らした瞬だったが、そんな彼をそれこそ『やっかい』な情況がこの先待ち受けていたのだった。

# 4

ミトモの店で高円寺や藤原と夜中近くまで飲んだあと、瞬はタクシーで帰るという徳永と別れ、終電を逃すまいと駅への道を急いでいた。

少し飲み過ぎたかもしれない。あの場にいた自分以外の人間がすべて『ザル』ともいうべき酒豪《しゅごう》揃いだったせいで、同じペースで飲んでいた瞬は、いつになく酔っていた。

足下がふらつく。が、まだ終電があるのにタクシーで帰ることには抵抗がある。ともかく、駅に向かおうと先を急いでいた瞬の視界に、『彼』の姿がよぎった。

「……っ」

思わず足を止めた瞬は、次の瞬間、男の消えた方向に向かい駆け出していた。

間違いない。藤岡だ。

手配書とは顔がかなり違うし、先日彼を見かけたときともまた様相が違うが、藤岡であるという確信が瞬にはあった。こんなことがあり得るのか。そもそもなぜ彼はこの場にいるのか。泥酔《でいすい》状態の自分が見た幻ではないのか。終電の時間も迫っている。何より、単独での見当たり捜査は徳永から禁じられている。

さまざまな思考が瞬の頭の中で巡る。まずは徳永に連絡を、と思うも、藤岡を逃したくはないという気持ちが勝ってしまっており、瞬の足は止まらなかった。

見間違えではない――と思う。まずはそれを確かめよう。

それが言い訳であることを十分承知しながら瞬は、せっかく見つけ出した容疑者の姿を見逃すまいと足を速めた。

「……あ……れ」

追っていたはずの背中が消えた。しまった、見失ったか、と周囲を見渡したあと、やはりまず徳永に連絡を、と瞬はポケットからスマートフォンを取り出す。

と、そのとき。

「お兄さん、ちょっといい？」

不意に目の前に人影が差したかと思うと、がっちり両肩を摑《つか》まれ、瞬はぎょっとしてスマートフォンの画面から目線を上げた。

「あっ」

目の前にいる男の顔を見た瞬間、瞬の口から声が漏れる。

「静かに。ちょっと来てもらえないかな?」

驚きが瞬の声に表れ、人が振り返るほどの大きさになっていた。それを注意してきた男が瞬の肩を抱き、強引に歩き出そうとする。

「……藤岡……」

一体何が起こっているのか、ただただ混乱していた瞬の口から、自分の肩を抱く男の名が零《こぼ》れる。

まさか。有り得ない。なぜ藤岡が自ら姿を現したのか。自分をどこに連れていこうとしているのか。

混乱のあまり抵抗を忘れていた瞬だったが、間もなく自分を取り戻すことができ、足を止めようとした。

「なに、話をするだけだ。危害を加えようなんて思ってないから」

肩を抱く藤岡の手に力がこもり、一層強引に前へと進もうとする。

「藤岡大也だな?」

藤岡が余裕綽々《よゆうしやくしやく》であることに瞬は苛立《いらだ》ちを覚え、踏みとどまって彼を睨みつけようとした。が、藤岡はそれを許さず、瞬を引き摺《ず》るようにして歩き続ける。

「藤岡大也だよな?」

無視をされたことにますます瞬の苛立ちは増し、逆に藤岡の腕を摑もうとするのだが藤岡に隙《すき》はなく、また腕力も瞬より数段上のようで、なされるがままに引き摺られてしまう。

それならば、と瞬は大声を張り上げることで周囲の注意を引こうとしたのだが、見越したらしい藤岡が耳もとに囁《ささや》いてきた言葉を聞き、息を呑《の》んだのだった。

「お兄さん、刑事だろ？　徳永と一緒にいたもんな。徳永にはちょっとした貸しがあるんだ。かわりに話をきいてもらえないか？」

「……どういうことだ？」

徳永の名を出されたことに動揺《どうよう》した瞬の顔を覗《のぞ》き込み、藤岡がニッと笑う。

「それを話そうと言ってるんだ。黙ってついてきてくれ」

それきり藤岡は口を閉ざしてしまった。どうするかと瞬は迷ったものの、結局は藤岡と共に足を進めることを選んだのだった。

勿論《もちろん》、自分の選択が誤っているという自覚は瞬にもあった。藤岡を振り切り、徳永に連絡を入れるべきだと頭ではわかっていたのだが、その隙に逃げられることは避けたいとどうしても考えてしまう。

しかし藤岡に従おうと決めた最大の理由は、彼が徳永の名を口にしたからだった。

『ちょっとした貸し』とはなんなのか。徳永には藤岡へのある種の思い入れともいうべき心情があるように瞬には感じられていたこともあって、その理由を知る機会となるかもしれないと、そう思ってしまったのだった。

藤岡が向かった先は、西口にあるシティホテルだった。フロントを通らず客室階用のエレベーターへと向かっていく藤岡の横顔を瞬は見ずにはいられなかった。

「通報されない理由は、偽名で宿泊しているから。あと、手配書とはかなり顔が違うだろう？　よく俺だとわかったものだと感心したよ」

エレベーター内ではちょうど瞬と藤岡、二人だけだった。乗り込んだ途端藤岡にそう言われ、心が読めるのだろうかと瞬は驚き、目を見開いてしまった。

「不思議そうな顔をしていたからだよ。もしかして君、新人？　考えていることがそこまで顔に出るなんて、ピュアというかなんというか」

藤岡にさも可笑《おか》しそうに笑われ、むっとはしたものの、確かに顔に出ていたかもしれないと瞬が反省したあたりで、エレベーターは指定階に到着した。

「頼むから話が終わるまで通報はしないでくれよ」

藤岡がキーをかざし入った部屋はツインで、人の気配はなかった。綺麗《きれい》に清掃《せいそう》されている部屋のベッドに瞬は座るよう促され、腰を下ろすと、藤岡は冷蔵庫に向かいながら、

「何か飲む？　アルコールでも水でもなんでもご馳走《ちそう》するよ」

と瞬に笑いかけてきた。

「結構です」

「水がいいか。随分《ずいぶん》酔ってるようだから」

いらないと言ったのに藤岡は冷蔵庫からミネラルウォーターのペットボトルを取り出し、瞬に手渡してきた。自分には缶ビールを取り出していて、書き物机の前にある椅子《いす》を瞬の座るベッドのほうへと向けて腰を下ろす。

「乾杯しようか」

「…………」

何も乾杯したいような材料はない。明るい部屋の中で藤岡と向かい合った瞬は、やはり自分の選択は間違っていたと改めて反省していた。

すぐに部屋を出て、徳永に連絡を入れねば。立ち上がりかけた瞬の前で藤岡が口を開く。

「まずは俺の話を聞いてくれ。徳永に連絡を入れるのはそれからでも遅くないはずだ」

「……っ」

またも心を読まれた、と、瞬が息を呑むのを見て藤岡は微笑《ほほえ》み頷くと、ビールを一口飲んでから話を始めた。

「今更だが自己紹介をしておこう。藤岡大也だ。職業は詐欺師《さぎし》。職業とはいわないか。住所不定、日本全国、どこにでも行く。カモを求めてね」

「ふざけているのか」

調子に乗っているとしか思えない語り口を腹立たしく思い、瞬は彼を睨み付けた。

「はは、悪い。悪印象を与えないためにまずはコミュニケーションをと思ったんだが、逆効果だったようだね」

まあ、水でも飲んで、と藤岡に促されたが、瞬はペットボトルのキャップを開けることなく、藤岡を睨んでいた。

口八丁手八丁《くちはっちょうてはっちょう》で、丸め込もうとしているのではないか。詐欺師の口車には乗るまいと瞬が身構えているのがわかったのだろう、藤岡は笑顔を引っ込めて真面目《まじめ》な顔となり、話を再開した。

「早速用件に入ることにしよう。俺は今、島本美恵子《しまもとみえこ》さん殺害の容疑で指名手配されているが、俺は彼女を殺していない。それを証明させてもらいたいんだ」

「……証明させてもらいたい……？」

証明『して』ではなく『させて』なのか。『島本美恵子』というのが被害者の名ということも、実は瞬は把握《はあく》していなかった。

「ああ。証明させてほしい」

「……その前に被害者宅を訪問した理由は？　防犯カメラにお前が泡《あわ》を食って出ていく様子が映っていたことはどう説明する？」

丸め込まれないように。会話の主導権を握らねば。そう思い、瞬は自分から藤岡に問いかけた。

「俺から彼女に連絡を取った。彼女の旦那《だんな》が亡くなったニュースを見たからだ」

「会社で横領がバレたのを苦に自殺をしたというニュースだな？」

瞬は警察学校の授業以来、事情聴取をしたことがなかった。取り調べも勿論、体験したことがない。

初配属が見当たり捜査専門の特殊能力係であったからだが、問いかけながら瞬は、これでいいのだろうかと自問自答していた。

もっと聞く姿勢に徹したほうがいいのだろうか。口調は？　これでいいのか？　まだ酔っているのか、頭が普段より回っていない気がする。まずは落ち着かねば、と、瞬は手にしたままでいたペットボトルのキャップを外し、水を一口飲んだ。

冷たい水が喉《のど》を下る心地よさと共に、落ち着きも戻ってくるような気がし、抑えた息を吐くと、質問を続ける。

「そのニュースを見て、どうして詐欺を働いた女性を訪ねたんだ？」

「まるで詐欺の被害額が二億円であるかのような報道だったからだ。俺が彼女から詐取《さしゅ》した金は一千万。彼女自身の貯金額の八割で、夫に黙っていようと思えばいられる額だった」

「……見極め……」

藤岡の話を聞く瞬の頭に、徳永の言葉が蘇《よみがえ》る。詐取する金額の見極めが天才的であると徳永は評しており、確かにそのとおりだなと思ったのが口に出てしまった。

「『見極め』？」

藤岡に問い返されたことで自分が呟《つぶや》いていたと気づいた瞬は、慌てて、

「なんでもない。それで？」

と、話の続きを促す。

「騙《だま》しておいてなんだが、島本美恵子はお人よしというか、単純というか、自分に都合のいいことを容易《たやす》く信じる、いかにも騙されそうな、人に利用されそうなタイプなんだ。旦那が亡くなったというのも気になった。彼女を騙す前に家庭についても調べたが、会社の金を、しかも二億も横領する度胸なんてなさそうな男だ。高給取りで充分な資産もある。この夫婦なら、たとえ詐欺がバレても訴えないだろうと見込んだとおり、一千万騙し取ったあとに、被害届は出されなかった。なのに夫は横領を働き、自殺したという。何か悪事

に巻き込まれているんじゃないかと心配になってな」

「心配って」

騙した相手を——？　瞬が疑問を覚えたのがわかったのか、藤岡が苦笑しつつ、続きを話し出す。

「どの口が、と言いたい気持ちはわかる。とはいえ、横領の発端が、俺の詐欺にあるとされているので責任を感じたんだ。それで島本美恵子に連絡を入れたら、彼女は何がなんだかわからないと、酷《ひど》く動揺《どうよう》していた。夫には詐欺に遭《あ》ったことは打ち明けてはいたが、金額は二百万と、少なく告げていた。そもそも夫が横領など行うはずがない。なのに、なぜこんなことに、と」

「二百万!?」

それが二億になぜなった、と、瞬は驚き、つい声を上げてしまった。

「俺も驚いて、とにかく詳しい話を聞かせてほしいと頼んだら家に来るようにと美恵子に言われ、それで訪問したんだ。もしかしたら警察が待ちぶせているかもと覚悟はしていたんだが……」

ここで藤岡が言葉に詰まる。

「……島本さんと何を話したんだ？」

先が知りたくて瞬が問いかけると、藤岡は、とんでもない、というように首を横に振ってみせた。

「話さない。話せなかった。何せ俺が行ったときには死んでたんだから」

「死んでた？　本当か？」

つい問いかけてしまった瞬の前で、藤岡が声を張り上げる。

「嘘じゃない。インターホンを鳴らしたが応答がないので中に入った。彼女の家には前に行ったことがあったから勝手知ったる、という感じで。彼女はリビングで胸を刺されて死んでいた。びっくりしているとサイレン音が聞こえたので、マズい、と家を飛び出した。あのときは動揺していたから混乱したが、あれはパトカーじゃなく救急車だったんだな」

「亡くなっていたのか？　まだ息があったということは？」

救急車を呼んだのは被害者である美恵子本人だったと高円寺が言っていたことを思い出し、問いかけた瞬に対し、藤岡は少し考える素振りをしたが、やがて首を横に振った。

「おそらく、もう生きてはなかったと思う。抱き起こしてみたが、呼吸はしていなかった。目もこう、カッと見開かれていて瞬き一つしていなかったし……うん、死んでいたと思う。間違いなく。まだ身体《からだ》は冷たくなっていなかったので、亡くなったばかりではないかと」

「そうか……」

防犯カメラに映っていた藤岡が、動揺して飛び出したということへの説明としては、齟《そ》齬《ご》はない。にしてもタイミングがよすぎるような、と、瞬は首を傾《かし》げていたのだが、そんな彼に藤岡がごく普通のことを聞くように問うてきた。

「事件の概要《がいよう》が知りたい。警察はどう見ているんだ？　容疑者は俺だけか？　救急車は誰が呼んだ？」

「それは……」

あまりに自然な問いかけだったのと、まだ酔いが残っていたこと、そして自身の思考の世界に入っていたため、瞬はつい、答えそうになった。

「あ、いや。言えるわけがないだろう」

危ない、と慌てて口を閉ざし、藤岡を睨《にら》む。

「惜しい」

藤岡は笑ったが、すぐ真面目《まじめ》な顔になり瞬に訴えかけてきた。

「ともかく、俺は殺していない。俺が行ったときには彼女はもう死んでいた。死んだばかりだった。彼女を殺した犯人は他にいる。その犯人を見つける手助けが俺にはできる。真犯人を見つけることで自分の無罪を証明したい。させてもらいたいんだ」

「ちょっと待ってくれ。どんな手助けができるというんだ？」

今こそ彼は自分を言いくるめようとしているのではないか。瞬の中で緊張が高まる。

「防犯カメラだよ。さっきの話からすると、俺が犯人とされているのは防犯カメラに俺の映像が映っていたからなんだろう？」

「……っ」

しまった、無意識のうちに捜査の内容を明かしてしまっていたか、と息を呑んだ瞬を見て、藤岡がくすりと笑う。

「その調子で色々教えてくれるといいんだが」

「教えるものか。もう何も」

「また逆効果のことを言ってしまった。ともかく、防犯カメラだよ。君の話を聞くより前に俺も、防犯カメラを思いついていた。出入りする人間をチェックさせてもらいたい。マンションを訪れた人間は映っているはずだろう？　犯人もきっと映っているに違いない」

「防犯カメラのチェックは警察もしているはずだ」

「俺が犯人として指名手配されているのに、俺以外の人間をチェックするとは思えない。違うか？」

「それは……」

そうだろう、確かに。内心頷《うなず》いていた瞬を見る藤岡の眉間《みけん》に縦皺《たてじわ》が寄る。

「待て。今、『はずだ』と言ったな。なんだ『はずだ』というのは。徳永と一緒にいたからてっきり捜査一課の刑事だと思ったが、もしや二課か？　それとも所轄《しょかつ》？」

「えっ」

捜査にかかわっていないと見抜かれたということに、瞬は気づくと同時に、彼の口から再び出た徳永の名前に、そうだった、とここまでついてきた理由を思い出した。

「徳永さんとはどういうかかわりがあるというんだ？」

「質問に質問で答えないでくれ。島本美恵子殺害事件の捜査には、君はまったくかかわっていないのか？」

藤岡の目が厳しくなる。それまで『へらへら』まではいかないものの、余裕綽々といった表情を浮かべていた彼の双眸《そうぼう》の厳しさは、瞬をはっとさせはしたが、臆するわけにはいかないと瞬もまた彼を睨む。

「徳永さんとのかかわりは？」

「徳永は捜査にかかわっているのか？」

「質問に質問で答えるな」

さきほど言われたとおりの言葉を藤岡に返す。そのまま二人、暫《しばら》くの間睨み合っていたが、先に目を逸《そ》らしたのは藤岡だった。

「はったりだ。徳永との間にかかわりなんて呼べるものはない。強《し》いて言えば、俺が前に逮捕されたとき、取調室で向かい合ったってだけだ」

「え？　でも……」

徳永から聞いた話では、逮捕の場にはいたが新人だったので何もできなかったということではなかったか。

取り調べのことまでは聞かなかったとはいえ、新人だったという彼に、取り調べなどさせるだろうかと疑問を覚えていた瞬を、藤岡がまた厳しい目で睨む。

「答えたぞ。次はそっちの番だ。島本美恵子殺害事件の捜査にはかかわってないんだな？」

「ああ」

「でも捜査情報は耳に入る。だから防犯カメラのことを知っていた」

「……そうだ」

認めていいか迷ったが、『特殊能力係』について明かさなければ問題ないだろうと自分の中で折り合いをつけ、瞬は頷いた。

「防犯カメラの映像を見ることは可能か？」

それを見て藤岡が問いを重ねてくる。

「……おそらく」

「持ち出すことは？」

「できない」

「徳永でも？」

「……そもそも、映像を見ればなぜ犯人がわかるんだ？　目星をつけている人物がいるのか？」

　徳永に関する質問には答えを拒否したい。それで瞬はまた、問いに問いで返したのだが、その疑問は最初に藤岡に『防犯カメラの映像を見たい』と言われたときからずっと抱いていたものだった。

　自分が入ったときより前に出入りした人間、全員をチェックしろということかとも思ったがそれなら藤岡が見る必要はない。あたかも見れば犯人がわかると言っているかのようだったが、その根拠は、と瞬が問うと、藤岡は一瞬、何かを言い淀《よど》むような様子となった。

「どうなんだ？」

　何を言い渋っているのか。根拠など、やはりないのか。ならなぜ、見たいなどと言ったのだろう。

　彼の話はやはり信用に値するものではないのか。藤岡は自分を、捜査担当の刑事と見込んで声をかけてきたようだった。刑事を一人抱きこんで彼は何をしようとしたのか。普通に考えれば、捜査情報を入手し、逃げ果《おお》せようとしていたのではないのか。

にしても防犯カメラの映像を見せろという要求は謎だが。単に自分以外に犯人がいるという嘘に信憑性《しんぴょうせい》を持たせようとしただけだろうか。

瞬の藤岡を見る目は自然と懐疑的になっていた。それに気づいたのだろう、藤岡が、はあ、と溜め息をついたあと、持っていたビールの缶を一気に呷《あお》る。

「温《ぬる》くなってしまった」

ぼそっとそう言い、立ち上がると彼は冷蔵庫に向かい、もう一缶、取り出したあとに瞬を振り返った。

「飲むかい？」

「飲まない」

瞬が即答すると藤岡は「まあそうだよな」と苦笑しつつもとの椅子に戻り、プシュ、とプルタブを上げた。そのままごくごくとビールを飲んだあとに、小さく息を吐き出し、瞬を真っ直ぐに見据える。

「俺は詐欺師《さぎし》だ。息をするように嘘をつくことは否定しない。だが、これから話すことには一切嘘はない。到底信じられないだろうが、そのつもりで聞いてくれ」

「……わかった」

突拍子もない話をしようとしていることは伝わってきた。とはいえ、それが何かはわからない。予告することでうさんくささが増しているとわからないはずはあるまい、と内心首を傾《かし》げながら頷いた瞬を前に、藤岡が考え考え話し出す。

「美恵子の言うことを信じるとすれば、彼女の夫は横領などできるタイプではない。そして詐欺によって失われた金は一千万、美恵子は夫に二百万と報告していた。しかも自分の貯金だ。夫のほうに二億もの金が必要な理由は、もしかしたらあったのかもしれない。しかし少なくとも美恵子には心当たりがなかった」

「……ああ」

今までの話に、疑問を挟む余地はない。これから突拍子もない話になるのか、と身構えていた瞬の意に反し、藤岡は理路整然と説明を続けた。

「となると夫は横領を働いておらず、何者かによって罪を被《かぶ》せられた。二億の金もそいつが着服した——ということにならないか？　そしてそいつが、夫を、そして妻の美恵子を殺した。二億のために。どうだ？　俺の推理に矛盾《むじゅん》はあるか？」

「………」

聞いた限りにおいて、矛盾はない。しかし正解だという証《あかし》もない。それで頷けずにいた瞬に対し、藤岡が推理を続ける。

「犯人は夫の会社の人間。そして夫に近いところにいる人間。社内の人間でなければ横領はできない。まあ、夫を抱き込み、彼に作業させたとしたら社外の人間でも可能だろうが。そうだとしても夫に近しい人間だということにはなる。警察に届け出ていない妻の詐欺被害のことを知っているわけだから」

「……確かに」

「となると、防犯カメラに、会社の人間、それも夫に近しい人間が映っていたら、その人物が怪しいということにならないか？　それを確認したい」

「……なるほど……」

納得したがゆえに頷いてしまったが、目の前で藤岡が破顔《はがん》したのを見て、しまった、と瞬は表情を引き締めた。

「だからこそ、映像を見せてほしい。島本美恵子のことは、詐欺《さぎ》る前に随分《ずいぶん》と調べた。彼女の、それに夫の交友関係は頭に入っている。夫の会社に関しては、社員名簿をハッキングでもなんでもして調べ上げる。会社の前で張り込むのでもいい。必ず見つけ出してみせるから」

「ちょ、ちょっと待ってください」

熱意はわかった。しかし、と瞬は藤岡の話を遮《さえぎ》った。

「被害者と夫の交友関係についてはともかく、夫の勤め先は大手の保険会社ですよ。社員数十人という規模じゃないんです」

今日の休憩時間に瞬は事件について、ネットで検索をしてみたのだった。夫は大手保険会社の課長で、年収は一千万を軽く超しているのではとコメントがついていた。だからこそ、神楽坂の高級マンションに住めていたのだろう。

社員数は数千人、夫が勤務していた本社ビルだけでも何人になるかわからない。そんな中からどうやって彼は、防犯カメラに映る人間を探そうというのか。

自分であればできないことはないけれども。

そう思いながら告げた瞬は、自分の口調がいつしか丁寧語《ていねいご》になっていることに気づき、それを改めようとした。年上だからというのもあるが、喋《しゃべ》る内容があまりに堂々としているため、自然と耳を傾ける態勢になっていたと思われる。舐《な》められるわけにはいかない、と瞬は息を吸い込むと、『無理を言うな』といった言葉を告げようとしたのだが、それより前に藤岡が言い放った言葉を聞いては、大声を上げずにはいられなくなった。

「わかってる！　だが俺ならできる……いや、俺にしかできないんだよ！　なにせ俺は一度見た人間の顔は忘れないからな！」

「なんだって!?」

そんな馬鹿な、と唖然《あぜん》としたせいで、部屋中に響き渡るような大声を上げた瞬に対し、藤岡が真摯《しんし》な眼差《まなざ》し、真摯な口調で訴えかけてくる。

「信じてもらえないのは重々承知だ。だが嘘じゃない。だからこそ、防犯カメラの映像を見せてほしいんだ。俺ならそこに映っている人間、全員覚えた上で、夫の会社に行き、出入りする社員の中から見つけ出すことができる。だからお願いだ。俺に、犯人捜しの手伝いをさせてくれ!」

「…………」

藤岡の必死の訴えは、とても演技には見えない。しかし彼は詐欺師だ。先程自身でも言っていたように、息をするように嘘をつくことができるのだろう。

しかし——。

「到底信じられないとは思うが、嘘じゃないんだ。この能力のおかげで俺は逮捕を免れている。一度見た刑事の顔は決して忘れないからな。半径五メートル以内に刑事の顔を見かけたら逃走するよう心がけている。うーん、証明するのにこれじゃまだ弱いか。ともかく、本当なんだ。信じてくれ」

瞬が絶句していたのを、自分が与太話《よたばなし》をしているからだと思ったらしい藤岡は、必死に言葉を重ねている。

彼の言うことは本当なのだろうか。彼もまた自分と同様に、『忘れない男』だというのか。

だからこそ、防犯カメラの映像を見ることに拘《こだわ》ったのか。

自分にならこ、犯人を見付け出すことができる――その確信があるがゆえに。

「そうだ、何かテストでもするか。どうすればテストになるかな。君の好きな方法でいい。ともかく、俺は一度見た人間の顔は忘れない。それを証明させてくれ」

「いや……その……」

もしや彼は自分の能力を知った上で、騙《だま》しにかかろうとしているのだろうか。ふとその疑問が瞬の頭に浮かんだ。

『特殊能力係』の存在は、外部には秘匿《ひとく》されている。が、なんらかの方法で彼はその存在に気づき、自分こそが『忘れない男』であるという情報を得たのではないか。

庁内報にも掲載されたから、その可能性はゼロではないと思う。しかしなぜ？　なぜそんな嘘を？

つく理由が思いつかない。ならば、と瞬は藤岡の言葉を確かめようと改めて彼を見据え、問いかけた。

「一度見た人間の顔、すべてを覚えているのか？　生まれたときから？」

「生まれたときの記憶はないからな。物心ついたときからなら確実に覚えている」

「どういう感じで覚えているんだ？」

「どういう……感じ？」

瞬の問いに藤岡が戸惑った顔になる。

「記憶に濃淡はあるのか？　覚えているのは顔だけか？　名前や経歴も覚えているのか？」

「え。ちょっと待ってくれ。もしかして信じてくれているのか？」

「……え？」

どうしてそう思う、と首を傾《かし》げた瞬に、藤岡もまた訝《いぶか》りながら言葉を返してくる。

「いや、人の顔を覚えているという俺の言葉を信じた上での、具体的な質問だったから」

「……ああ……」

具体的なことを聞けば、ボロを出すのではと思ったのだが、と、瞬は説明しようとしたが、そんな彼の前で藤岡が、呆然《ぼうぜん》とした表情のまま、ぽろりと言葉を零《こぼ》す。

「まさか信じてもらえるとは思わなかった。そんな超人的な能力、あるわけないだろうと一笑《いっしょう》に付《ふ》されるものとばかり……」

「…………」

これは演技なのだろうか。それとも素なのか。自分にはどうにも判断がつかない、と迷っていた瞬の頭にそのとき浮かんだのは、誰より信頼できる上司の頼もしい顔だった。

# 5

「徳永さんを呼びたい」

瞬の要請を、最初、藤岡は退けた。

「逮捕させる気か？」

「違う。徳永さんはお前が殺人を犯したことに対し、懐疑的だった」

「え……？」

瞬の言葉を聞き、藤岡が戸惑いの声を上げる。

「俺が無実だと言ってるのか？　彼は」

「そうだ。この事件に限っては」

「…………」

またも藤岡は呆然とした顔になっていた。信じがたいということだろうと瞬は察した上で、説得を試みることにする。

「お前の話が信頼できるものなのかどうか、俺には判断がつかない。だから徳永さんを呼ぼうとしているんだ。そもそも信頼できないと思ったら、徳永さんではなく捜査本部に通報している。自分を信じてほしかったらこっちの言うことも信じてほしい」

瞬も、徳永が犯人は藤岡ではないという考えに拘っていなければ、端《はな》から藤岡の言葉を信じようとはしなかっただろう。

事件の話を聞いた段階では、状況証拠とはいえ、被害者が亡くなった時間に被害者宅を訪れている上、慌てて逃げ出すところが防犯カメラに映っていたという事実があるとのことから、犯人は藤岡に違いないと思っていた。

実際、本人が言うように藤岡に『一度見た人間の顔は忘れない』という能力が備わっているのかはわからない。瞬は自分が『そう』であるので、『あり得ない』とは思わないのだが、見極める術《すべ》を持たない。

徳永であれば容易《たやす》く藤岡が嘘をついているか否《いな》かを見抜くのではないか。そう思ったがゆえに瞬は徳永を呼ぶことを強硬に要求したのだった。

「……まったく。一番チョロそうだと思ったから選んだというのに……」

ぼそ、と藤岡が呟《つぶや》く。

「なんだって？」

それが自分に声をかけてきた理由か、と、瞬はむっとしたものの、藤岡が諦めたように、

「わかったよ」

と頷《うなず》いたのを見て、よし、と拳を握った。

「呼ぶのは徳永だけだな？　約束は守れよ？」

「守るって言っているだろう」

信用できないのはお前のほうだと瞬は心の中で悪態をつきつつも、ポケットからスマートフォンを取り出す。

「俺がいることは電話では言うな」

藤岡は瞬を信用しきっていないようで、スマートフォンを操作する瞬にそんな言葉をかけてきた。

「……わかった」

疑い深いにもほどがある。徳永にホテルまで来てほしいと言えば、必ず理由を問われるだろう。その際、藤岡の名を出さず、何を理由にすればいいというのか。

しかしまずは電話だ。理由は問われたときに考えることにしようと、瞬は問題を先送りにすることを選び、徳永に電話をかけた。

『どうした』

　ワンコールもしないうちに徳永は電話に出た。寝ているかもしれないと瞬は案じていたが、どうやら起きていたらしい。こんな夜中に電話をしたことなどなかったからだろう、応対する徳永の声に緊張が漲《みなぎ》っているのを感じながら瞬は、自分の話を聞いて果たして徳永はどう動くかと、彼もまた緊張を高めていた。

「すみません、これからすぐに新宿のホテルHに来ていただきたいんですが」

『ホテルH？』

　電話越しに徳永の緊張感の増した声が響く。

「はい。××号室です。フロントは通らずそのまま部屋に来ていただければと」

『…………』

　徳永がこちらの気配を窺《うかが》っているのがわかる。もしや何か危険に巻き込まれたと思われているのかもしれない。理由を言わないことで、逆に捜査一課に通報されるかもと瞬は案じ、心配を退けようと口を開いた。

「あの、俺の身に危険が迫っているわけではありません。なんというか……徳永さんに指示を仰《あお》ぎたいことがありまして、とにかくその、すぐ来ていただければと……」

　こんな説明では、ますます怪しまれるのではないか。喋《しゃべ》っているうちに心配になってきた瞬は、言わなくてもいいようなことまで喋り始めてしまっていた。

「あ、あと、俺は俺です。オレオレ詐欺《さぎ》とかじゃありませんし、徳永さんを罠《わな》に嵌《は》めようとしているわけでもありません。信じてください」

『よっぽど怪しいぞ』

電話の向こうから徳永の苦笑が聞こえ、瞬は、どうやら自分は相当馬鹿みたいなことを口走っていたらしいと気づいて赤面した。

『わかった。すぐに行く』

徳永はそう言うと、部屋番号を復唱してから電話を切った。

「……これから来るそうです」

やれやれ、と安堵《あんど》の息を吐いたあとに瞬もまたスマートフォンをポケットに仕舞い、藤岡を見やった。

「面白いな、君は」

だが藤岡に微笑《ほほえ》まれ、馬鹿にされたと感じて彼を睨《にら》む。

「別にからかったわけじゃない。いい子だなと思っただけだ。徳永は君にとっては上司なんだね？　信頼関係、ちゃんと築けているようじゃないか」

藤岡がにこやかにそう告げる。やはりからかわれているように感じるのだが、と睨み続ける瞬の前で藤岡は、

「他意はないって」

と尚も笑うと、

「徳永が来るまで、話そうじゃないか」

と瞬を誘ってきた。

「話？」

「徳永と俺のかかわり。聞きたいって言ってたろ？」

「『はったり』って言ってませんでしたっけ」

話すことがころころ変わる。これが詐欺師の通常モードということかと、尚も瞬の彼を見る目が厳しくなる。

「ああ。君に言った、彼に『ちょっとした貸しがある』っていうのははったりだ。実際、彼が俺のことを覚えているかどうかは半信半疑だった。俺のほうでは記憶に残ってたってだけのことだから」

「なぜです？」

またも丁寧語《ていねいご》になっている、と瞬は慌てて言い直した。

「何が記憶に残ってるって？」

「はは。別に言い直さなくてもいいのに」

それを聞いて藤岡は楽しげに笑ったあとに、少し遠くを見るような目つきとなり口を開いた。

「さっき言ったが、彼には取り調べを受けたんだよ。まだ新人だったんじゃないか？　最初書記役をやってたんだが、俺を取り調べていた先輩刑事が俺の言動にキレて、徳永に代われと言ったんだ。なに、彼が俺を殴《なぐ》ろうとするのを徳永が止めたから」

「…………」

思いもかけず知ることとなった徳永の過去の様子に、瞬は状況を忘れ、聞き入ってしまっていた。

「十年も前のことなのに、我ながらよく覚えていると思うが、それだけ印象的だったんだよ。徳永の取り調べは」

「印象的……」

どのように、と瞬が問うより前に、藤岡が話し出す。

「確かあのときは結婚詐欺がバレて捕まったんだが、動機を聞かれて、金だと答えた。真面目《まじめ》に働けばいいじゃないかと言われて、働けるもんなら働いている、学も身寄りもない前科者が働ける場所があるなら教えてほしいと言ったら黙り込んだ。他の刑事なら、ふざけるなと怒鳴られて終わりだったろう。まあ、黙り込んだせいで『お前には任せておけん』と先輩にまた代わられたんだが」

　ここで藤岡は、そのときのことを思い出したのか、ふっと笑った。

「青いよな。あいつも若かった。俺も若かったが」

「……それで……」

　どうなったのか、と瞬が問いかけると、藤岡は我に返った様子となったあとに、苦笑し肩を竦《すく》めた。

「特に何も。それ以来、徳永には会ってない。貸しも借りもないんだ。悪かったな」

「……いや……徳永さんの若い頃の話を聞けたのはなんというか……よかった」

　藤岡の謝罪があまりにもさらりとなされたからだろうか。思わず瞬の口から本音が漏《も》れてしまった。

「ネタになるような話だったらもっとよかったね」

　それを聞き、藤岡が楽しげに笑う。

「君にとって徳永はいい上司なんだなとわかったよ。ああ、そうだ」

　藤岡がここで、何か思いついた顔になる。

「名前をまだ聞いてなかった。呼びかけるときに不自由だなと思っていたんだ」

「……麻生だ」

名乗って大丈夫だろうかと、一瞬瞬は案じたのだが、徳永も名前を知られているのだからいいだろうと判断し、名字を名乗った。

「麻生君。他に何か聞きたいことは？」

早速瞬に呼びかけてきた藤岡に、今の話を聞いた時点で気になったことを問うてみることにした。

「金銭を得るための手段として詐欺を選んだ理由は？」

「自分にもできそうだと思ったからと、あとは、人を傷つけたくなかったから……かな。肉体的にね。使うのは頭だけというのも性《しょう》に合っていた」

「身体《からだ》は傷つかなくても心は傷つくだろう」

そもそも、詐欺は犯罪である。働く場所がないからといって、犯罪に手を染めていいわけがない。

藤岡の言い分は、瞬にとっては到底受け入れられるものではなかった。佐生の叔母《おば》が詐欺被害にあったばかりということも影響していたのかもしれない。

「大切に貯めたお金を騙《だま》し取られる身になってみたら、身体が傷つかなかったからよかったなんて思えるはずがない」

自分でも意外なほどの強い語調で言い捨てた瞬を見て、藤岡は一瞬目を見開いたが、や

がてニッと笑うと、

「だから俺は『大切に貯めた金』は狙わないようにしているんだよ」

と、瞬にしてみたらふざけているとしか思えない言葉を口にした。

「なんだって!?」

「金が余っている人間からしか騙し取らない。その金がなくなったとしても生活に困ることがないように、というのが俺が詐欺を働くときのポリシーだ」

「胸を張って言えることじゃないだろう。詐欺は犯罪だ！」

「それはわかっている。少なくとも胸を張っているつもりはないよ」

藤岡は心外だといった顔になると、眉《まゆ》を顰《ひそ》め、瞬の顔を覗《のぞ》き込んできた。

「もしかして君か君の家族が詐欺に遭《あ》ったりした？　随分《ずいぶん》感情的だけど」

「……っ」

図星だったために、瞬が息を呑《の》んだそのとき、ドアチャイムの音が室内に響いた。

「あ、来たかな」

藤岡がドアへと意識をやりつつ立ち上がる。覗き穴から外をチェックしたあと、ドアを開く姿を見ながら瞬は、まずは自分が迎えるべきだったかと、今更のことに気づいた。

「あ、俺が開けます」

声を上げたが間に合わず、藤岡がドアを開く。

瞬の視界の先、藤岡の身体越しに、ドアの外にいた徳永の姿が飛び込んでくる。

「……っ」

徳永が藤岡を前に目を見開き、息を呑む。

「と、徳永さん」

瞬が声をかけると徳永は視線を瞬へと向けたが、彼の眉間《みけん》にはくっきりと縦皺《たてじわ》が刻まれていた。

「すみません、事情を説明します」

徳永は今、怒っている。激怒しているといっていい。彼がここまで怒りを露わにしているところを瞬は今まで見たことがなかった。

今更ではあるが自分がいかに考えなしの行動をしてしまったかということをいやでも自覚させられ、ただただ頭を下げる。

「本当に申し訳ありません」

「徳永さん、まずは入って。ああ、部下の彼を責めないであげてほしい。あなたに貸しがあると嘘をついて連れてきたんだ。俺の話を聞いてほしい」

藤岡が横から徳永に声をかけ、彼を室内に招く。

「座ってくれ。何か飲むかい？　アルコールでもノンアルコールでも、ご馳走《ちそう》するよ」

「結構だ」

徳永の声音《こわね》は低く、口調はいつものように淡々としていた。しかしその目はどこまでも厳しく藤岡を見据えている。

「そう言わないで。それなら麻生君と同じく、ミネラルウォーターでいいかな？」

一方、藤岡は徳永の目線に臆することなく、にこやかに笑いながらそう言うと冷蔵庫へと向かい、徳永にはミネラルウォーターを、自分には缶ビールをもう一缶取り出すと、

「はい」

と徳永に差し出した。徳永は暫《しばら》く藤岡を睨んでいたが、藤岡に、ほら、というようにペットボトルを目の前で振られ、無言のままそれを受け取る。

「俺としては徳永さんをお呼び立てするつもりはなかったんだ。麻生君がどうしても呼びたいというので渋々受け入れた。麻生君にもした話だが、俺が指名手配されている島本美恵子さん殺害の犯人は俺じゃない。徳永さんは俺の無実を信じてくれていると麻生君に聞いたよ。警察内に味方がいるとは、心強いことこの上ないよ」

「味方ではない」

すかさず徳永が言葉を挟む。

「失礼。ともかく、俺は犯人じゃないし、彼女から詐取《さしゅ》した金額は一千万だ。彼女は夫に二百万と嘘をついていたし、夫の横領についても信じられないと言っていた」

藤岡は瞬にした話を徳永にも説明し始めた。島本美恵子のもとを訪れたときに彼女はもう亡くなっていたこと、自分が訪問する直前に彼女は殺されたと思われること、そのため防犯カメラの映像を見せてほしい、犯人が映っているであろうから、と、ここまで説明した彼は、なぜ見ればわかるのかを徳永に明かしたのだった。

「俺は一度でも見た人間の顔なら、すべて覚えていられる。今まで逮捕を免れてきたのも、刑事の顔を覚えているからだ。俺が防犯カメラの映像を見れば、犯人を見つけることができる。だから映像を見せてくれと麻生君に頼んだら、徳永さん、あなたを呼んでほしいと頼まれたんだ」

そうだよな、と藤岡が瞬に話を振る。

「……はい。あの……」

自分にはこの話が嘘か真か、判断がつかなかった。『忘れない』という能力については、自分も保有しているために、嘘とは言いきれないと思うのだが、真と判断するには材料が足りない。どうやれば見極めることができるのか、それを徳永に委《ゆだ》ねたかったのだが、激怒していることがわかっているため、うまく言葉にすることができずにいた。

「その前に、一つ聞きたい」

徳永は瞬を見ようともせず、藤岡を睨《ね》め付けながら問いを発する。

「なんだ？」

「その依頼をするのに、なぜ彼を選んだ」

「え？」

徳永の問いが意外だったのか、藤岡は一瞬、きょとんとした顔となった。が、すぐ、と、笑顔で答える。

「言い方は悪いが、丸め込めそうだと思ったから」

「あなたと一緒にいたから刑事だということはわかった。今まで姿を見たことがなかったから新人だろう。今日、偶然新宿で見かけたのでチャンスだと思ったんだ。あなたの名前を出したらホテルまでついてきたので、本当にチョロかったなと」

「…………」

酷《ひど》い言われようだと瞬は一瞬憤《いきどお》ったものの、実際『チョロ』かったのは間違いないので、何も言えずに俯《うつむ》いた。

「それだけか」

徳永の語調と眼差《まなざ》しが厳しくなる。

「他に理由が必要なのか？　顔が好みだったから、とか？」

「ふざけるな」

藤岡の冗談を徳永が一喝《いっかつ》する。

「悪かったよ。他の理由をひねり出しただけだ」

藤岡はへらへらと笑って言い返したが、彼の目の中に疑念が生じたのが瞬にも見てとれた。

「そこに食いつかれるとは思わなかった。俺が驚異《きょうい》的な記憶力を持つということに関して疑われるならともかく」

「勿論《もちろん》疑っている」

徳永はそう答えたあとに、瞬へと視線を向けた。

「お前は信じたのか？」

「わかりません」

判断はつかなかった。首を横に振った瞬を徳永は暫《しばら》く見つめていたが、やがて視線を藤岡に戻すと、問いを発し始めた。

「被害者、島本美恵子さんとの会話をできるかぎり詳しく教えてくれ」

「わかった」

藤岡は思いの外《ほか》素直に頷《うなず》くと、少し思い出すような素振りをしてから口を開いた。

「彼女のスマートフォンに電話をかけた。俺からだとわかると彼女はまあ、相当驚きはしたし、今更なんの用だと怒鳴られもした。だが俺が、彼女の夫の横領と自殺のニュースを見て電話をしたと言うと、わけがわからないのだと話に乗ってきた」

「詐欺《さぎ》に遭《あ》っていたのに、友好的な会話になったと？」

徳永がここで問いを挟む。

「俺が詐取したのは一千万だが、彼女は夫の会社から、横領した二億を返せと言われていたそうだ。夫が横領するとは考えられない。二億なんてお金はどこにもない。何がなんだかわからないと取り乱していたから、まずは会って話をしようと持ちかけた。彼女が自宅に来てほしいと言うので、翌日約束をした時間に訪問したら殺されていたというわけだ」

「取り乱していたというが、どういったことを言っていた？」

またも徳永が問いを挟むと、藤岡は思い出そうとするように宙を睨《にら》んでから口を開く。

「夫には、自分が詐欺にあった金額は二百万と申告したと言っていたのと、あとは……夫は横領する度胸なんてないし、横領する理由もわからないと。浮気をしていた様子もないし、ウチはお金には困っていない。ローンだって完済しているし本当にすべてが謎だけれども、頼れる人もいない……と。彼女、友人が少ないんだよね。親とも疎遠《そえん》だ。だからこそカモに選んだわけなんだが」

「しかし彼女は殺されていた。お前が訪問する時間を狙って」

徳永がぼそりと呟《つぶや》いたのを聞き、藤岡の表情がぱっと明るくなった。

「信じてくれるんだな、俺の無実を」

「お前の話を検証しようとしているだけだ」

しかし徳永は冷たくそう言い放つことで藤岡の笑顔を封じると、考え考え喋《しゃべ》り出す。

「それが本当だとしたら、やはり彼女には他に相談する相手がいたということにならないか？　そうじゃなければお前の訪問時間を狙って殺害することなどできないだろう」

「俺が来ることを相談した相手が犯人……うーん、そんな相手が彼女にいたとは思えないんだよなあ」

藤岡は唸《うな》ったあと、

「唯一、彼女が相談する可能性があるのは警察だ。約束はしたが、刑事が張り込んでいるんじゃないかと、そこは心配していた」

そう答え、徳永を見やった。

「幸いなことに警察はいなかったが、彼女は殺されていた。一体誰が殺したんだか……」

「お前の訪問時間を知って殺したのか、それとも偶然お前の訪問時間と重なったのか……

偶然の可能性はゼロではないが、お前に罪を被《かぶ》せようとしたというほうがしっくりくる」

徳永が独り言のような口調でそう言ったあと、顔を上げる。

「電話が盗聴されていた——彼女が誰にも相談していないとなるとその可能性が高い」

「なるほど。もし、夫の横領や自殺も何者かによって仕組まれたものだとしたら、盗聴されていたとしても不思議はないな」

藤岡が弾んだ声を上げる。

「盗聴器がまだ室内に残されていたとしたら、警察も俺以外に犯人がいるという見解になったりしないかな」

「島本美恵子さんを殺害したときに、盗聴器は持ち去ったんじゃないか？」

しかし徳永の冷静な突っ込みを受け、藤岡はまた、がくりと肩を落とした。が、すぐに顔を上げ、徳永に訴えかける。

「普通に考えればそうか……しかし、部屋に盗聴器を仕込めるとなるとやはり、犯人は夫婦と相当近しい人間なんじゃないか？」

身を乗り出し熱弁を振るっていた藤岡は、徳永からのリアクションがないことに焦れたらしく、

「だから！」

と声を張り、先程の主張を繰り返した。

「やはり防犯カメラの映像を俺に見せてくれ！　俺なら映像の中から犯人を見付け出すことができる！　俺は詐欺師だがこれだけは嘘じゃない。突拍子がなさすぎて信じられないとは思うが、人の顔を忘れないというのは本当なんだ！」

「………………」

徳永の視線が瞬へと移る。なぜ、瞬が徳永を呼び出したか、理由を察してくれたと、その視線で瞬は察することができた。

とはいえまだ彼の怒りは収まっていないこともわかる。果たして徳永はどういう判断を下すのか。

藤岡を逮捕するのか。それとも彼の言葉を信じるのか。

緊張を高めていた瞬から徳永はすっと視線を逸《そ》らすと、再び藤岡を見据え口を開いた。

「防犯カメラの映像はこちらでチェックする。夫婦と近しい人間であれば、お前の言う『能力を』使わずとも、絞《しぼ》り込めるはずだ」

「……ああ、そうか。そうだよな。警察組織に、それができないわけがないよな」

藤岡が、初めて気づいた、という顔となり、溜め息を漏《も》らす。

「夫の横領についても調べ直す。勿論、島本美恵子殺害についてもだ」

「ありがたい。それはつまり、俺の言葉を信じてくれるってことだよな」

徳永の言葉を聞き、藤岡が嬉しそうな顔になる。

「徳永さんは俺の無実を信じてくれていると麻生君に聞いた時には半信半疑だったが、これで道が開けた。ありがとう」

「礼を言うのは早い。殺人の容疑は晴れたとしても、お前にはいくつもの詐欺容疑がかかっている。この場で逮捕してもいいいんだぞ」

対する徳永には笑みの欠片《かけら》もなく、相変わらず厳しい目で藤岡を睨め付けている。

「今逮捕されたら俺は間違いなく、殺人犯に仕立て上げられるだろう。真犯人を逃していとは、徳永さんなら思わないはずだけど」

藤岡はすっかり余裕を取り戻し、ふてぶてしさすら感じさせる様子で徳永に言い返す。

「交換条件だ」

と、徳永が、思いもかけない言葉を発したことに瞬は驚き、彼を見た。

「なんです？」

藤岡が目を見開き、徳永に問う。

「殺人の容疑が晴れたら、詐欺罪について自首をする。犯していない罪は償《つぐな》う必要はないが、犯した罪に関しては償ってもらう」

「……わかった。確かにそれが道理ってものだよね」

藤岡が微笑《ほほえ》み、徳永に向かって右手を差し出す。

「やはり俺の思ったとおり、あなたは何も変わっちゃいなかった。頼もしいよ。日本の警察も捨てたものじゃない」

藤岡は嬉しげな顔となったが、徳永の顔には一切の感情が表れていなかった。

「今日のことは忘れろ」

「勿論《もちろん》忘れる。このホテルも引き払うよ。連絡したいことがあったら、麻生君とコンタクトを取る」

「えっ」

いきなり自分の名を出され、瞬は、ぎょっとして藤岡を見た。

「彼を巻き込むな」

しかし徳永の言葉には戸惑いが勝り、またも瞬は、

「え」

と声を漏らしてしまった。

「徳永さんにとって、大事な部下だということはわかったよ」

藤岡が苦笑めいた笑みを浮かべ、肩を竦《すく》めたあとに、一変して真面目《まじめ》な表情となり、徳

永に向かって身を乗り出す。

「迷惑をかけるようなことはしない。万一、どこかで逮捕されたとしても二人の名前は出さないよ。そのかわり必ず真犯人を逮捕してほしい」

「それが警察の仕事だ」

にべもなく、という表現がぴったりくるような冷たい口調で徳永は藤岡に言い返すと立ち上がった。

「行くぞ」

視線を瞬へと向け、藤岡に対するのと同じような厳しい口調で徳永が瞬に声をかける。

「は……はい」

叱責《しっせき》どころではすまないかもしれない。間違いなく自分は徳永の信頼を裏切ってしまったのだと、そのことを悔《く》いながらも瞬は徳永に続き、藤岡の客室をあとにしたのだった。

# 6

　ホテルを出てタクシー乗り場に向かう間、徳永は一度も瞬を振り返らなかった。

「あの……」

　声をかけても無視をされたが、タクシーの後部シートのドアが開くと、ようやく瞬を振り返り一言、

「乗れ」

　と顎《あご》をしゃくった。

「……はい」

　何をどう考えても、自分に非があることは間違いない。許してもらえるまで謝るしかないと瞬は心を決めていた。

　徳永の告げた行き先は彼の自宅マンションだった。瞬も何度も訪問したことがある。宿泊させてもらったこともあったが、そうも世話を焼いてもらった徳永の信頼を自分は裏切

ったのだと思うと瞬はもう、どのように詫《わ》びればいいのかすっかりわからなくなってしまった。

誠意をもって謝る以外ない。やはり藤岡の姿を見かけた、その時点で徳永に連絡を入れるべきだったのだ。今更後悔《こうかい》しても遅すぎるが、と溜め息が漏《も》れそうになるのを瞬は唇を嚙《か》んで堪えた。

やがてタクシーは徳永のマンション近くに到着し、瞬が何を言うより前に徳永はスマートフォンを使ってタクシー代を支払うと、既に開いていたドアを目で示し、瞬に車を降りるよう促してきた。

エレベーターに乗っている間も、廊下《ろうか》を歩いている間も、瞬はただ謝罪の言葉を探していた。

「あのっ」

徳永の部屋に到着し、中に入ると瞬は玄関で、徳永に対し深く頭を下げた。

「本当に申し訳ありません！　あまりに考えが足りなかったと猛省しています！」

「夜中に大声を出すな」

瞬の謝罪を徳永は冷たい一言で退けると、いつものように先に立ちリビングダイニングへと向かっていった。

「…………はい…………」

返事をしたものの瞬の声はどうしても力ないものになってしまった。許してもらえなかったらどうしよう。どうしようもなにも、許してもらえるまで謝るしかないし、信頼を回復できるよう努力するしかない。その機会を与えてもらえるよう、謝り倒すしかないのだと瞬は甘えた自分の心を律し、徳永のあとに続いた。

リビングダイニングに入ると徳永は瞬をダイニングのテーブルにつかせ、自身はキッチンへと向かっていった。

すぐにミネラルウォーターのペットボトルを手に戻ってきた彼は、一つを瞬に差し出すと、厳しい目で彼を見据えながら口を開いた。

「『three friends』を出てから何があったのか説明しろ。一つも漏らさずに、だ」

「は、はい」

謝罪などしている場合ではない。厳しい眼差《まなざ》しはそう物語っており、瞬はごくりと唾《つば》を飲み込むと、思い出せる限り徳永と別れてからのことを話し始めた。

駅へと向かう途中、藤岡の姿を見かけたこと。あとを追ったところ逆に藤岡に待ち伏せをされており、話を聞いてほしいとホテルに連れていかれたこと。

「ホテルで聞いた話は本人が喋《しゃべ》ったとおりです」

「それ以外に何を話した？」

徳永の厳しい追及は続く。

「以前、徳永さんに取り調べを受けたときの話を聞きました」

「取り調べ？」

どうやらその答えは予想していなかったらしく、徳永が戸惑った声を上げる。

「はい。十年前に、新人の徳永さんから取り調べを受けたのが、『かかわり』だと……ホテルに連れていかれるとき、藤岡は『徳永さんには貸しがある』と言っていたのですが、お二人のかかわりを聞いたところ、『貸し』は嘘で、取り調べを受けたことがあるだけだと……」

「……それで？」

徳永は一瞬視線を宙に浮かせ、考えるような素振りをしたが、すぐに瞬へと目線を戻すと淡々とした口調で問いかけてきた。

「どういう内容だった？」

「ええと……」

問われてはじめて瞬は、藤岡が嘘や適当を言ったかもしれないという可能性をまったく考えていなかった自分に気づき、愕然《がくぜん》とした。

自分の話を他人に信じさせることに長《た》けているのは、彼が詐欺師《さぎし》であるためか。ショックを受けつつも今はそんな場合じゃないと瞬はすぐに気づくと、できるだけ藤岡の言葉どおりに、と思い出しながら話し始めた。

「……結婚詐欺の容疑で取り調べを受けて……真面目《まじめ》に働けばいいと徳永さんに言われ、働けるものなら働いている、身寄りも……あと、学もない前科者が働ける場所があるなら教えてほしいと言ったら徳永さんは……」

黙り込んだ。それが印象的だったと藤岡は言っていた。しかしそれをそのまま徳永本人に言っていいものかと、瞬はここで言葉に詰まった。

徳永は先輩刑事に、黙り込んだことを叱責され取り調べを交代させられたという話だった。若い頃のそんな話を自分が聞いたというのは徳永にとって不快ではないか。そんな小さな男ではないとわかってはいるが、気持ちがいいか悪いかでいえば悪いほうだろう。

それゆえ瞬は先を続けることを躊躇《ためら》ったのだが、徳永はそんな瞬の気持ちなどお見通しとばかりに、

「続けろ」

と指示をして寄越した。

「……はい、徳永さんは、それを聞いて黙ってしまったと言ってました。それが印象的だ

った と……」

「……よく覚えているもんだな」

ぼそ、と徳永が呟《つぶや》く。ということは、彼もまた覚えていたということだろうと察した瞬はつい、まじまじと徳永の顔を見てしまったのだが、

「他には？」

と問いかけられ、我に返った。

「他は……島本さん殺害の捜査にかかわっているのかと聞かれたのと、防犯カメラの映像を見せてほしいと頼まれたのと……あとは、一度見た人の顔は忘れないと言われたこと……ですかね」

「……お前がその能力を持っていることを、藤岡は知っていると感じたか？」

徳永の声が今まで以上に厳しくなる。

「……どうでしょう……」

藤岡の口から『一度見た人間の顔は忘れない』という言葉が出たとき、瞬もまた藤岡は瞬の能力を知っており、それでそんな嘘をついてきたのではと疑った。が、嘘ではない、信じてほしいと訴えかけてきた藤岡の顔からも声音《こわね》からも、嘘は感じられなかったように思えて仕方がない。

とはいえ相手は詐欺師である。嘘を真実に見せることなど容易だろう。それで瞬は徳永に対し、確信の持てない回答をしたのだが、徳永は納得してくれず、更に問いを重ねてきた。

「彼との会話で、お前の能力については触れることはなかったんだな？　問いかけられもしなかったか？」

「はい。まったく」

「人の顔を忘れないというのは向こうから言い出したことか？」

「はい。びっくりしました。それに彼は、それを俺に信じてもらおうと必死になっていた――ように見えました。演技かどうかは判断がつきません」

「……まあ、信憑性《しんぴょうせい》はあるとは思う」

徳永がまたぼそりと呟いたのを聞き、意外さから瞬は「え？」と声を漏《も》らしてしまった。

「今まで逮捕を免れてきた理由が、過去に一度でも見た警察官の顔を全員覚えているからだというのは、納得できると思ったんだ」

徳永にそう言われ、瞬もまた「なるほど」と納得する。

「少々違うが、一度目に入ったものは全て記憶できるという大原《おおはら》のような男もいるしな」

徳永の言葉の中に、かつて『特能』に少しの期間ではあるが所属していた先輩刑事の名が出たことに、瞬は思わず反応しかけた。が、それより前に徳永が瞬へと視線を向けたかと思うと説明を求めてくる。

「それでお前はどう感じた？　自分と同じ能力を藤岡が持っていることに対して思うところはあったか？」

「実際、よくわからないんです……俺にとって『人の顔を忘れない』のはごく当たり前のことなので、誰がそうであっても驚かないというか……でも、特能に来て『当たり前』ではないのだと教えられました。それだけに、俺には判断がつかなかったんです。それで徳永さんを呼んだんですが……」

「なるほど。まあ、そういうものかもしれないな」

徳永はあっさり瞬の返しを受け入れた。拍子抜けといっていいほどの『あっさり』さにおどろいたせいで、瞬はまたつい、

「え？」

と声を上げてしまった。

「自分ができることなら、他人ができても不思議はないと、そう思ったんだろう？」

「はい。そのとおりです」

頷《うなず》いた瞬を前に徳永が苦笑する。

「皆が皆、できていたら苦労はない。藤岡ももしその能力がなければ『捕まらない男』などとは呼ばれないだろう」

「ああ、そうか。確かにそうですね」

納得したせいで、いつもの返しがごく自然に瞬の口から零《こぼ》れ落ちる。しまった、今は謝罪の途中だったと、瞬は慌てて、

「すみません、そのとおりだと思います」

と言い直したのだが、それを聞いた徳永は、やれやれという顔となった。

「もういい。俺が知りたかったのは、藤岡がお前の能力を知って近づいたんじゃないかと案じたからだった。だが話しているうちに杞憂《きゆう》の可能性が高いとわかったからな」

「……え？　あの……」

激怒しているどころか、自分を心配してくれていたのか、と戸惑いを覚えた直後、瞬の胸は感激でいっぱいになった。

「本当に……申し訳ありませんでした……っ」

そしてまた同時に上司を心配させるようなことをしてしまったとは、と罪悪感も今まで以上に込み上げてきて、ただただ頭を下げる。

「謝罪はいいいと言っただろう」

しかし徳永はそんな瞬の謝罪を退けると、瞬が顔を上げるしかなくなるような驚くべき言葉を告げたのだった。

「藤岡に防犯カメラの映像を見せるわけにはいかない。となると麻生、お前の出番だ。お前が防犯カメラの映像をチェックし、被害者の関係者を見つけ出すんだ」

「えっ。俺が？」

問い返した瞬に徳永が、

「それ以外にやりようがない」

と難しい顔となる。

「我々は捜査に加わっているわけではないし、何より捜査本部は犯人は藤岡だと見なしている。藤岡以外に犯人がいるのではと申し入れるにしても、何を理由にすればいい？『藤岡本人が違うと言っている』などと言い出したらそれこそ大変なことになる」

「そう……ですね。なぜ逮捕しなかったと、そちらを問題にされそうです」

朝の小池の姿が瞬の頭に蘇《よみがえ》る。確かに状況証拠は藤岡が犯人であると物語っており、小池にもそれを疑っている様子はなかった。なぜ徳永が疑問を覚えているのか、彼にとっての疑問はそっちにあったように思われる。

そんな捜査方針を覆《くつがえ》すには、藤岡の言葉以上に確実な証拠が必要となろう。しかし捜査本部の協力なしには、防犯カメラの映像など見られないのではないか。

小池を抱き込むつもりだろうか。それとも『やはり納得いかない』と捜査一課長に掛け合うのか。

どちらにせよ、藤岡に会ったことは明かせないだろうが、と瞬は考え、徳永を見た。徳永もまた瞬を見返し、口を開く。

「まずは防犯カメラの映像だ。明日、朝一で科捜研に行くことにしよう」

「科捜研ですか……あ」

確か科捜研には、徳永が親しくしている同期がいた。坂本《さかもと》という名だったか。彼に頼むつもりなのかと瞬が察したのがわかったのか、徳永は、ニッと笑い、頷いてみせた。

「どうする？　今日はこのまま泊まっていくか？」

話は終わったということなのか、徳永がいつもとまるで変わらぬ口調で問いかけてきたのを聞き、瞬は改めて謝罪をしようと再び頭を下げた。

「本当に申し訳ありませんでした」

「麻生、刑事の仕事に謝って済むようなものは一つもないんだ」

「……っ」

淡々と——というよりは幾許《いくばく》かの柔らかさを感じさせる口調で告げられた徳永の言葉に、

瞬は息を呑《の》んだ。

確かに――そのとおりだ。取り返しがつかない状態となったことを謝ったところで、なんの意味があるというのか。

単なる自己満足だ。または自己愛。許されたいという欲求を満たそうとしているだけだと己の甘さを思い知り、瞬はただただ項垂《うなだ》れた。

「反省は勿論《もちろん》大事だ。だが謝罪は一度で充分だ」

「……はい……」

本当に申し訳ない。しかし謝罪の言葉を口にすることは瞬にはできなかった。謝らねばならないようなことはしてはならない。今まで以上に責任と自覚をもって任務にあたるのだ。

強い決意を抱いていた瞬を前に、徳永はそれでいい、というように微笑《ほほえ》むと、

「泊まっていくか？」

と再び問うてきた。

「いえ、帰ります。明日着替えに戻るより、今帰ったほうが楽なので」

泊まるとなると、徳永に何かしらの手間をかけさせることになりかねない。それは申し訳ないと瞬は遠慮《えんりょ》したのだが、徳永にとって人を泊めることはそう苦ではないようで、

「そうか」

と少し残念そうな顔となった。

「小池の着替えじゃ、お前には大きすぎるだろうからな」

「小池さん、着替えをキープしてるんですか」

そういやよく宿泊していた、と思い出していた瞬に徳永が、

「ペアを組んでいた時はほとんどココに入り浸っていたからな」

と苦笑する。

「お前も前に泊めたときの着替えを持って帰らなければよかったたな」

「あ、いや、その」

確かに警視庁からごく近いこのマンションは、小池だけでなく自分にとっても非常に魅力的な宿泊地ではある。とはいえ徳永は上司だ。上司の家に着替えをキープしておくなど部下としてあり得るんだろうか。

さすがに躊躇《ためら》われる。とはいえ小池もまた徳永の後輩ではあるのだが、それだけ二人の間は遠慮を飛び越えた友情で結ばれているということなのだろう。

「気遣いは不要だ。気をつけて帰れよ」

あわあわしている瞬を見て徳永はまた苦笑するとそう言い、玄関まで送ってくれた。

「すみません、失礼します」

「ああ、また明日」

徳永の家に来たときはもう、これまで築いてきた彼との間の信頼関係を失ってしまったに違いないと諦めていた。『また明日』という挨拶《あいさつ》ができて本当によかった。一人になると瞬はまず、徳永の寛容さに感謝の念を抱き、この先決して彼の信頼を裏切るようなことはすまいと改めて己に誓った。

大通りに出てすぐ瞬はタクシーを捕まえることができた。乗り込み、自宅の場所を告げると車窓《しやそう》へと視線を向け、映る己の顔を見るとはなしに見やる。

疲れた顔をしている。今日は本当に色々なことがあった。我知らぬうちに瞬の口からは深い溜め息が漏《も》れ、その音に我に返ると、明日からのほうが大変になるのだから、今溜め息を吐いてどうする、と己を律した。

いつもは佐生が迎えてくれる自宅は、彼がいない今、やたらとしんとしているように感じる。佐生がいる日常に自分がここまで慣れていたとはと、無人の室内を見回し瞬はまた溜め息を漏らしそうになった。

佐生の叔母《おば》の気持ちは、少しは上向いただろうか。新たな詐欺師《さぎし》が登場していないといいが、と心配になり、佐生にメールでもしておくかとスマートフォンをポケットから取り出す。

『叔母さんは大丈夫？』と送信すると、既に深夜三時を回った遅い時間だというのに佐生は起きていたようで、『まあ、ぼちぼちかな』と返信があった。

ようやく笑顔を見せるようになったと書いてあり、ほっとする。怪しい人間からのコンタクトは今のところないようだが、充分気をつけると言ってきた佐生に瞬は、何かあったらすぐ連絡を入れてほしいと返信し、メールのやりとりを終えた。

改めて佐生の叔母を騙《だま》した詐欺グループへの怒りが込み上げてくると同時に、詐欺師である藤岡の言葉は果たして信用できるのだろうかという今更の疑念が湧いてくる。

少なくとも彼が殺された島本美恵子に対し、詐欺を働いていたのは事実だ。正義の心があれば人を騙して金を巻き上げることなど到底できないだろう。

正義の心のない人間の言葉は信用に足るものなのだろうか。

犯罪に大小、または重軽は確かにある。だが犯罪は犯罪だ。良心があれば犯すのに躊躇《ためら》いが生じ、多くの人は踏み留まる。一線を越してしまった人間にとって、軽い犯罪と重い犯罪の間の『一線』もまた、踏み越えるのに容易《たやす》いものとなるのではないだろうか。

しかし。

徳永は藤岡の言葉を信じているようだった、と瞬は最も信頼している上司の顔を思い起こした。

なぜ徳永がそうも藤岡の話に耳を傾けるのか、理由は未だ、わかっていない。双方にとって出会いは印象的だったようだが、なぜ印象深かったのか、それも瞬にはよくわからなかった。

とはいえ、もしも藤岡が真実を語っていたのだとしたら、島本美恵子を殺害した人間は他にいるということになる。犯罪者を野放しにはできない。真実を見極めるために、藤岡が見たいと望んでいた防犯カメラの映像をこの目で確かめ、真犯人がいるか否《いな》かを徳永と共に判断するのだ。

頑張ろう。瞬は拳を握り締め、一人大きく頷《うなず》くと、絶対寝坊しないようにとアラームをセットし寝支度《ねじたく》にかかったのだった。


翌朝、いつもより早めに瞬は出勤したが、徳永は既に自席でコーヒーを飲んでいた。

「おはようございます」

「おはよう」

読んでいた書類から目を上げ、挨拶を返してくれた彼が、その書類を瞬に差し出してくる。

「小池から回してもらった。今回の事件の捜査会議の資料だ」

「……っ。ありがとうございます」

さすが。その一言に尽きると思いながら瞬は、早速資料に目を走らせ始めた。

島本美恵子殺害については、小池や高円寺から聞いたとおりの内容が書かれており、犯人は藤岡ということでほぼ確定扱いとされていたが、それは状況に加えて他に容疑者となり得る人間がいないこともその理由のようだった。

美恵子がトラブルに巻き込まれていた様子もない。また、彼女が詐欺被害に遭《あ》っていたことを知っている人間は、両親を含め誰もいないことが瞬の印象に残った。

それ故彼女の周囲にいた人は皆、夫の横領に非常に驚いていた。夫、島本幸雄《ゆきお》の評判も超がつくほど真面目《まじめ》で正義感に溢《あふ》れる男と実によく、彼が横領をするなど信じられないという声が多く上がっていることにも瞬は、昨日の藤岡の話との整合性を感じてしまっていた。

防犯カメラについては、藤岡だけでなく事件前後に出入りした人間のチェックを行っているという。住人はすべて確認が取れたが、住人以外についてはこれからとのことだった。

一一九番通報は被害者本人がしたが、『刺された』と言ったところで意識が混濁《こんだく》したらしく、それ以外の言葉は告げていないと記されていた。

「一応、防犯カメラの映像は捜査本部でもチェックするようですね」

読み終えた瞬が徳永に資料を返しながらそう言うと、徳永は「そうだな」と頷いたあとに、やにわに立ち上がった。

「我々もチェックさせてもらうことにしよう」

「あ、はい」

早速科捜研に行くつもりかと察し、瞬もまた慌てて立ち上がった。徳永のあとに続いて執務室を出て、科捜研へと向かう。

「あれ？　どうした？」

科捜研に入ると徳永の姿を認め、早々に声をかけてきた男がいた。白衣に眼鏡《めがね》の彼は徳永の同期で坂本という。徳永と同じくらいに長身で人目を引く顔立ちをしている。あまり寝ていないのか、眠そうな顔をしていたが、徳永が、島本美恵子のマンションの防犯カメラの映像を見たいと告げると一変し、生き生きとした表情となった。

「なんでまた『特能』が現在進行中の事件を調べるの？　ああ、犯人が藤岡だから？」

「犯人じゃないだろう。まだ『容疑者』のはずだ」

徳永がじろ、と坂本を睨《にら》む。

「徳永も映像を見たら犯人と断定すると思うよ」

坂本はそう言うと、「来て」と徳永と瞬を映像装置のある部屋へと導いた。

「ここで解析する。防犯カメラの映像は粗《あら》いから。被害者が一一九番通報をした時刻近辺の映像を流すね」

そう言うと坂本は機械を操作し、映像を画面に映した。

「あ」

徳永の背後から画面を見ていた瞬が思わず声を上げたのは、そこに大慌てで駆け出していく藤岡の姿が映っていたためだった。

「ね？」

坂本が映像を止め、徳永を見やる。

「悪いが、この映像の前後を見せてもらいたい」

「別に悪いことはないよ。好きに見ていって」

坂本はそう言うと、機械の操作方法を教えてくれ、自分はやることがあるからとその場を離れていった。

特殊能力係所属の徳永が捜査にかかわってないことは当然わかっているだろうに、理由も何も聞かずに証拠品である防犯カメラの映像を見せてくれるとは。坂本の徳永に対する信頼の賜物《たまもの》ということなのだろう。

さすがだ、と瞬は賞賛の眼差《まなざ》しで徳永を見たのだが、途端に徳永から、

「お前が見るのは画面だろう」

と注意されてしまった。

「……っ。すみません」

本当にそのとおりだ。気持ちを引き締めねば、と瞬は即座に反省し、意識を画面へと向けた。

「藤岡が映る一時間前から一時間後までを流す」

「わかりました」

その二時間の間に映る人間、全員の顔を頭に叩き込む。その後、被害者もしくは被害者の夫とかかわりのある人間を探し出す。

よし、と拳を握り締めると瞬は、目を皿のようにして映像を注視し始めた。とはいえ、被害者や被害者の夫とかかわりのある人間を一人も知らないため、この時間内で出入りした人物はいないか、そして顔を隠すなど、怪しい様子の人物がいないかということに瞬の意識は向いていた。

「どうだ？」

二時間分の映像を流し終えたあと、徳永が瞬に問うてきた。

「防犯カメラを気にする素振りをみせている人物はいなかったように思います。この時間内にマンションを訪れ、出て行ったのは藤岡と、あとは忘れ物を取りに戻ったらしい女子中学生くらいだったかと」

「ああ、そうだったな」

瞬が気づいたことは当然ながら徳永も気付いていたようで、頷いたあとにぽんと瞬の肩を叩く。

「一旦、戻ろう」

「はい」

立ち上がる徳永に倣《なら》い、瞬も機械の前から立ち上がると、徳永に続いて部屋を出た。

「坂本、ありがとう」

「終わったの？　映像、コピーほしかったらあげるけど」

「頼む」

「了解。あとで届けさせるわ」

坂本は目的を深く追及することもなく、そればかりか映像のコピーまで申し出てくれ、やはりさすがの信頼関係だと瞬は心の底から感心してしまった。

「たまには飲もう」

「そうだな」

笑顔を交わす二人を羨望《せんぼう》に似た思いを胸に見つめていた瞬は、徳永に「行くぞ」と声をかけられ、我に返った。

「あ、はいっ」

「元気がいいね」

坂本は瞬にも笑顔を向けてくれたのだが、横から徳永に、

「うるさいという意味だからな」

と声の大きさを指摘され、慌てて頭を下げた。

「申し訳ありません」

「そんな京都人みたいな嫌みは言わないよ。徳永じゃあるまいし」

「俺も京都人じゃない。そもそも京都のひとに怒られるぞ」

「いや、京都はそうなんだって」

坂本はそう言い返したが、すぐ、

「話が逸《そ》れたな」

と苦笑する。徳永もまた苦笑するのを見て瞬は、やはりこの二人の関係性には羨望を感じずにはいられないと改めて思ったのだった。

# 7

地下二階の『特能』に戻ると徳永は、自分とそして瞬にもコーヒーを淹《い》れてくれ、瞬を恐縮させたあとに思考をまとめるようにして話し始めた。

「防犯カメラの映像は捜査本部もチェックしているとのことだった。当然、不審な人間がいたら捜査はするだろうが、今のところその様子はない」

「はい。そうですね……」

領《うなず》いた瞬は、今見てきたばかりの映像を思い浮かべてみた。見た顔はすべて覚えているとは思う。しかし真犯人が映っていたとしても、どのようにして見つければいいのか。

捜査にかかわっていないため、関係者の顔は誰一人わからない。小池に協力を仰《あお》ぐにしても、すべての関係者の写真が揃っているわけではないだろう。

まずはどこから手をつけるか。それをこれから二人して思索するつもりなのかと考えていた瞬に、徳永が話しかけてくる。

「あくまでも藤岡の言葉を信じるとしてだが、なぜ犯人は藤岡の来る時間を知っていたと思う？」

「藤岡は誰にも明かさないでしょうから、被害者の島本美恵子さんから聞いたというのが一番ありそうな気がします」

答えた瞬に、徳永が首を傾《かし》げる。

「美恵子さんは詐欺《さぎ》被害に遭《あ》ったことは夫以外に誰にも言っていないと藤岡は言っていた。とはいえ夫が自殺したあと、遺書でオープンになったわけだが」

「……相談できるような相手がいなかった……と言ってましたね」

これもまた藤岡の言葉を信じるとしてだが、と告げた瞬に、徳永が頷き口を開く。

「普通に考えて詐欺師から連絡があったら、まずは警察に連絡を入れるよな」

「そうですね。しかもその詐欺師が、夫の自殺についてあれこれ言ってきているのですから、身の安全を考えたらまず警察に届け出ると思います」

「しかし警察に相談した様子はない。藤岡が口八丁手八丁《くちはっちょうてはっちょう》で丸め込んだのだろうが、警察に届け出なかったことを思うと、彼女は一人で藤岡を迎えるつもりだったのではないかと考えられる」

「しかし、藤岡が来る時間と犯行時刻がほぼ重なったのは偶然とは思えません。となるとやはり……」

瞬の脳裏《のうり》に、ホテルの部屋での、徳永と藤岡の会話が蘇《よみがえ》る。

「ああ、盗聴器が仕掛けられていた可能性が高い」

「盗聴器……」

夫の横領や自殺にもかかわっているのではないかと、徳永と藤岡はそんな話をしていた。

思い出していた瞬の前で徳永が理路整然と彼の推理を述べ始める。

「夫は真面目《まじめ》で正義感が強いという評判で、誰もが横領について『信じられない』という反応だったということだ。夫は横領の罪を誰かに被《かぶ》せられ、そして自殺を装《よそお》って殺された。その計画を立てた人間が島本夫妻の部屋を盗聴していた」

「美恵子さんが詐欺に遭ったことも盗聴で知っていたので、夫の遺書に書くことができたというわけですね。充分あると思います」

盗聴器を仕掛けていたので、藤岡との電話から彼が到着する時間を知ることができた。

あり得る。いや、それ以外にあり得ないのではとさえ、瞬には思えてきてしまっていた。

そんな瞬に対し徳永が眉《まゆ》を顰《ひそ》め、新たな可能性を口にする。

「盗聴器の音声を拾える範囲は限られる……。もしや犯人は、同じマンションの住民の中にいる可能性があるんじゃないか？」

「……っ。そうか。防犯カメラに映っているマンションの住民は出入りして当然と、チェックの対象外となっているんでしたっけ」

確かそんな内容が捜査会議の資料に書かれていた、と思い出していた瞬の横で徳永が立ち上がった。

「マンションの管理人に会いに行こう。マンション内に島本美恵子の夫と同じ会社に勤めている人物がいないか確かめる」

「はい！」

夫と同じ会社でないと横領の罪を被せることはできない。該当者《がいとうしゃ》がいたらその人物が犯人である可能性は著《いちじる》しく高いということにならないか。

徳永の推理は瞬をも納得させるもので、声を弾ませ頷くと徳永のあとに続いて執務室を飛び出した。

被害者の居住していた神楽坂のマンションの管理人室で住民について確認したところ、住民名簿は既に警察に提出したとのことだった。

「ありがとうございます。では提出されたものを拝見します」

丁寧《ていねい》に礼を言った徳永に好感を持ったのか、管理人の女性が笑顔で話しかけてくる。

「名簿はでも、住人全員が載っているわけじゃないんです。ここ、分譲《ぶんじょう》なんですけど、個人的に貸してる人もいるみたいで。以前は『民泊《みんぱく》』にしようとした人もいて、それは理事会で禁止されたのでなくなったんですけど」

「そうなんですね」

それを捜査本部では把握《はあく》しているだろうか。管理人と徳永のやりとりを聞きながら瞬はそう考えていた。

「あの、島本さんの事件ですよね。殺人事件が起こったのなんて初めてで、マスコミは来るし、住民からも色々聞かれるし、大変です、もう……」

「警察にもあれこれ聞かれたことと思います。申し訳ないです」

管理人の愚痴《ぐち》に徳永は付き合う気のようだった。気分をよくした管理人が、溜め込んでいたと思《おぼ》しき愚痴を吐き出し始める。

「警察はね、捜査だから仕方ないと思うんです。一番始末に負えないのが住民のかたで、中でも、資産価値が下がったらどうしてくれるんだって食ってかかってくる人がいて。そんなこと、私に言われてもねえ」

「それは災難でしたね」

徳永が同情的な声を出したあと、何気なく問いを発する。

「住民の中には、島本さんと同じ会社にお勤めのかたもいらっしゃるとか」

「島本さん？　ああ、旦那《だんな》さん？　いやあ、いらっしゃらなかったと思いますよ」

「そうですか」

管理人が否定したのに、瞬は思わず『えっ』と声を上げそうになったが、徳永が平然と微笑《ほほえ》んで頷いたのを見て、慌ててその声を呑《の》み込んだ。

「一応名簿には世帯主の勤務先や緊急連絡先を記載してもらうんですけど、保険会社にお勤めのかたはいらっしゃらなかったんじゃないかな……。島本さん、管理組合のフロア理事を担当してくださっていたので結構やり取りがあったんですけど、本当にあんな真面目を絵に描いたような人が横領なんて、信じられません。マンションの会計にも本当に厳しくて他の理事がなあなあで済ませようとしているところを『そういうのはよくないと思う』と是正《ぜせい》させたりもして。そんな人がねえ」

「そうなんですね」

徳永は興味深そうに頷くと、今度は彼の方から問いを発した。

「住民名簿には皆さん必ず勤務先を書かれるんですか？」

「勤務先は任意なので書かないかたもいらっしゃいます。緊急連絡先は書いてもらいますけど」

「島本さんと親しくしていらした住民のかたはいらっしゃいますか？　管理組合のかたた

ちでしょうか」

「まあ、そうですね。島本さん、新築当時の分譲組なのでそうしたかたとは結構仲良くしていらしたような」

「奥さんのほうはどうです?」

「奥さんは大人しい感じのかたですよね。あまり他の住民とは交流していらっしゃらなかったんじゃないですかねえ」

「そうですか。ありがとうございます」

徳永は管理人に礼を言うと、管理組合で理事をしている住民を聞いて管理人室を辞した。

「順番に聞いていくか」

勤め人は不在だろうが、リタイアしている人も多いということだったので、徳永は教えてもらった家庭を訪問すべく、エントランスの外のオートロックシステムから部屋のインターホンを鳴らした。

結局、三人の理事から話を聞くことができたものの、有益な情報を得ることはできなかった。

皆が皆、横領については『信じられない』と言ったが、妻、美恵子が詐欺に遭っていたということに対しての反応は薄かった。

「あまり存じ上げないんですよ」

　理事長を務めている田中《たなか》という市役所をリタイアしたばかりの男性はそう言い、首を傾《かし》げていた。

「島本さんからも奥さんの話はほとんど出なかったですねえ。仲が悪いというわけじゃなく、奥さんに怒られたかららしいです。自分のいないところで話題にされたくないと」

「島本さんと同じ会社の人がこのマンションに住んでいるといった話題は出ませんでしたか？」

　徳永がさらりと問いかける。

「同じ会社ですか？　いや、聞いたことないですね」

「それではここ数ヶ月以内に越してきたかたはいらっしゃいますか？」

「ええ、三世帯ほど……え？　ちょっと待ってください。島本さんの奥さんの事件の聞き込みですよね？　詐欺師が指名手配されているって他の刑事さんに聞いたんですけど」

　不安げな顔になる田中に対し、徳永は、

「念の為というだけなので」

　と田中の不安を笑顔で払拭《ふっしょく》してみせ、瞬を感心させた。

「三世帯のうち二世帯が単身者、一世帯がご夫婦とお子さん二人の四人家族です。四人家族は購入されてますが、単身者二人は所有者が直接不動産会社経由で賃貸契約を結んでいるので、詳しいことはこちらではちょっとわかりませんね」

名前くらいはわかりますが、と言う田中に徳永はその二名の名前を聞いた。

「松本《まつもと》さんと若宮《わかみや》さんです。部屋の持ち主についても必要でしたら連絡先をお知らせしますが」

「念の為、お願いできますか？　本当に念の為なので」

徳永は『念の為』と繰り返したが、田中の部屋を辞した直後には、その二人に連絡を入れ、部屋の賃貸を委託している不動産会社を聞き出した。

すぐにそれぞれの不動産会社に向かい、借主についての情報を得ようとしたが、一件は大手不動産会社で、契約などもきっちりしていたものの、もう一件は胡散臭《うさんくさ》さのある個人経営の不動産業者で、家賃を滞納さえしなければ契約者の素性《すじょう》は追及しないというスタンスとのことで、契約はすべてインターネット上で行い、家賃は先払いとなっているということ。今契約している住民についても詳しいことは何も知らないと告げられ、そんなことでいいのかと瞬は呆《あき》れてしまったのだった。

契約者の名は若宮一郎《いちろう》、年齢は三十五歳とのことだった。勤務先は大手自動車メーカーの社名が書いてあったが、電話をかけて確かめたところ、その会社に『若宮一郎』という社員は存在しなかった。

まずはこの人物について、素性を特定しようと、徳永と瞬はマンションに引き返し、管理人に尋ねたが、管理人は住民全ての顔と名前を把握しているわけではないのでと首を傾げた。

「二百世帯近くいますのでね。それに私は毎日いるわけじゃないんです。このマンションには管理会社から五名派遣されていて、ローテーションで回してるんですよ」

なので最近入居した住民について聞かれても答えられることは少ないのだ、と、申し訳なさそうな顔になった管理人に礼を言うと徳永は、その足で『若宮一郎』の部屋へと向かった。

インターホンを押したが応答はない。社名は詐称《さしょう》していたが、会社員であるのなら日中部屋に戻る可能性は低かろうと、一旦、マンションを出ることになったが、徳永の表情は厳しかった。

捜査本部と情報を共有できればいいのだろうが、捜査本部の方針に真っ向から楯突くものであるため、根拠が必要となる。

その根拠は藤岡の言葉だということはさすがに明かせないため、徳永はこうも厳しい表情を浮かべているのだろうと、そのことは瞬も察することができたが、ではどのようにすればいいのかという方策は、何一つ頭に浮かんでこなかった。

マンションを出ると徳永は近くのコーヒーショップのテラス席に座ったが、それはそこからマンションに出入りする人間を見ることができるからと思われた。

二人してコーヒーを飲みながら、エントランスを見つめる。

「……防犯カメラに映っている人間が何人か通りましたが、住民なら通りますよね……」

周囲に客も従業員もいなかったため、瞬はそう言い、徳永を見やった。

「…………」

徳永もまた、マンションのエントランスへと目を向けていたが、やがて抑えた溜め息を漏《も》らすと、視線を瞬へと移した。

「無駄足になる可能性は高いが、島本の勤務先に行ってみるか」

「え？」

問い返した瞬に向かい徳永はまた、視線をマンションへと向け口を開く。

「会社のエントランスで張り込む。防犯カメラに映り込んでいた人物がいたら職質《しょくしつ》をかけ、反応を見る……島本夫に横領の罪を被《かぶ》せたのは社員と見込んでのことだ。そもそもその見込みが外れていたら意味のない張り込みとなる」

「わかりました」

意味があるか否《いな》かは、この際、関係ないと瞬は心の底から思うことができていた。可能性がゼロではない限り、なんでも試してみる価値はあると思う。

大きく頷《うなず》いた瞬を見て徳永は唇の端を引き結ぶようにして微笑《ほほえ》むと、

「飲んだら出るぞ」

と瞬の手の中にあったコーヒーを目で示し、慌てて冷めてしまったコーヒーを飲み干した瞬を見て、今度ははっきりと微笑んで寄越したのだった。

夫の勤務先である大手保険会社は大手町《おおてまち》に本社があり、島本は本社勤務だった。幸いなことに広々としたエントランスの受付前には大勢のサラリーマンがたむろしており、これなら暫《しばら》くの間留まったとしても怪しまれずに済む、と瞬は徳永と顔を見合わせ、頷き合った。

ちょうど昼休みにかかる時間だったので、エレベーターホールから吐き出されてくる人間もエレベーターに乗り込んでいく人間も実に数が多かった。その中から事件現場の防犯カメラに映っていた人物を見つけ出すのは、瞬にとってはさほど難しいことではなかったものの、人通りが多いために常に神経を張り詰めていなければならない状況には疲労を感じないわけにはいかなかった。

「いたか?」

徳永もまた瞬同様、人の流れを目で追っていた。彼も自分の記憶力を信じ、防犯カメラに映っていた人物を探しているのがわかる。

「今のところいません」

瞬には生まれついて備わっている能力があるが、徳永の記憶力は努力の結果だとかつて本人から聞いたことがあった。実際、防犯カメラを目で追っているときの彼の表情は鬼気迫るほど、という表現がぴったりくるような真剣さで、負けてはいられない、と瞬もまた気持ちを引き締め、エレベーターホールから吐き出され、呑《の》み込まれていく人の波をただただ目で追い続けた。

「……いませんね」

昼休みが終わると、人の流れは落ち着いてきた。やれやれ、と少し緊張を解いた瞬は、そう徳永に声をかけ、彼の返事を待った。

「ああ。しかしちょうど人の陰に隠れていて見逃したという可能性は否定できない」

徳永が眼鏡《めがね》を外し、右手で目頭《めがしら》を揉《も》みながら抑えた声でそう告げる。

「確かに……」

とにかく人数が多すぎた。目に入る人間の顔は全員見たつもりだが、見落としがなかったとは言い切れない。

受付や警備の人間に特に不審に思われている様子もないため、徳永と瞬は暫くその場に留まることにした。

大企業ゆえ、人の出入りは多い。が、やはり防犯カメラに映っていた人物を見出《みいだ》すことはできない。

社員の中に、『若宮一郎』は果たしているのだろうか。そもそも、若宮は防犯カメラに映っていたのか。若宮という男は勤務先を偽っていただけで、事件にはまったく関係のない人物かもしれない。また、この事件の犯人であったとしても、犯行前後にマンションを出入りすることはなかったかもしれない。

そうだ、もし若宮が犯人だとしたら、マンション内に留まるのではないだろうか。防犯カメラが設置されていることにはさすがに気づいているだろう。決して映らないように、事件前後はマンションから出ずに部屋で過ごすのでは。

「あのっ」

もしそうだとしたら、チェックすべき防犯カメラの映像の時間帯を広げる必要がある。瞬はそう思いつき、徳永を見やった。

「一旦戻るとするか」

徳永もまた同じ事を考えていたらしく、溜め息交じりにそう告げると、ビルを出るべくエントランスに向かおうとした。

　と、そのとき。

「……っ。徳永さん！」

　瞬の目がたった今、エレベーターホールから出てきた男の姿を捉え、思わず徳永の名を呼んだ。

「いたか……っ」

　徳永もまた抑えた声で答え、瞬を見る。

「はい」

　間違いない。彼は防犯カメラに間違いなく映っていた。ロビーで待ち合わせをしていたようで、数名のサラリーマンとは思えないラフな服装の男たちと挨拶《あいさつ》を交わしたあと、ロビーに併設している打ち合わせスペースへと向かっていく。

「写真がほしいな」

　徳永はそう言ったかと思うと携帯を取り出し、どこかにかけ始めた。その間、瞬はじっと、男の姿を目で追っていた。

　打ち合わせスペースについていきたい。が、どうやら予約制のようで、出入り口にある端末に社員証をかざさないと中には入れないようである。

「鑑識の写真係を呼んだ。間に合うといいが」

電話を切った徳永はそう言い、瞬の見ていた打ち合わせブースへと視線を向けた。

「名乗ってくれればよかったんだが」

どうやら来客とは顔馴染《かおなじ》みらしく、親しげな様子で数こと言葉を交わしただけで打ち合わせブースに向かってしまった。

「来客のほうはシステムエンジニアのようだった」

徳永の言葉に、瞬は驚き、「どうしてわかったんです？」と思わず聞いてしまった。

「一人が首からＩＤカードを下げていたが、会社のロゴがちらと見えたんだ」

「……さすがです」

自分は顔しか見ていなかった、と反省しつつも賞賛の言葉を告げていた瞬に徳永が話しかけてくる。

「ＳＥと打ち合わせをするような部署にいるということか。島本夫との関係性については小池に協力を仰《あお》ぐしかないな」

「小池さんを今、呼びましょうか」

「流石《さすが》に迷惑だろう。写真が間に合えばそれを見てもらえばいい」

徳永の言葉に瞬は「そうですね」と頷き、二人はその場で写真係が到着するのを今や遅し待ち続けた。

写真係はすぐに来た。人に見出されることなく写真を撮れる場所を彼は到着後数秒で見つけ出した。

村田《むらた》という名のベテランの彼が選んだのは、プランターの陰という場所だった。受付からも警備員からも死角となっている場所で、そこで彼は望遠レンズを装着したカメラをバッグから取り出す。

「打ち合わせブースから出てきたら合図してください」

村田に言われ、瞬は彼のすぐ傍に控え、打ち合わせブースへと注意を向けた。

「あ！　あのスーツの男です」

打ち合わせブースに入って三十分ほど、村田が到着した六分後に、防犯カメラに映っていた男と来客らしいSEが打ち合わせブースから姿を現した。

「了解」

村田が短く返事をし、カメラを構える。やがてSEはエントランスから出ていき、男はエレベーターホールへと消えていった。

「すぐに写真、プリントします。その前にデータで送りましょうか？」

「お願いできますか」

きびきびと告げる村田に、いつの間にか傍に近づいていた徳永が頭を下げる。

「わかりました」

村田はデジタルカメラを操作し、自身のスマートフォンに画像を送ったあとに、それを徳永にも共有すると、

「それでは」

と頭を下げ、その場を立ち去っていった。

「お前は引き続き張り込み、他に防犯カメラに映っていた人間がいないかチェックしてくれ」

徳永はそう言うと、今、村田から送ってもらった画像を瞬のスマートフォンにも送信してくれた。

本人に気づかれないようにとかなり距離を取ったところからの撮影となったが、さすがプロフェッショナル、男の顔はよく写っており、瞬は改めて彼が防犯カメラに映っていた人物だと確信したのだった。

「俺は捜査本部で写真の男の身元を確認してくる。防犯カメラに映っていた人間が島本幸雄と同じ会社にいたということがわかったからな。彼が島本とかかわりがある人物であり、かつ『若宮』を名乗って同じマンションに部屋を借りたというのなら、捜査対象となるに

違いない」

「そうですよね」

徳永は珍しく少し興奮しているようだった。一気にそこまで喋《しゃべ》ると瞬の相槌《あいづち》を待たず、

「またあとでな」

と言葉を残し、足早に立ち去っていった。

その後ろ姿を目で追いそうになっていた瞬だが、今、意識を集中させるべきは徳永ではないとすぐ思い直し、エレベーターホールへと視線を向け、出入りする人間の顔を一人一人チェックし続けた。

それから三十分ほどして、さすがに目が疲れてきた、と瞬は目頭を親指と人差し指で挟み、眼精疲労を労《いたわ》ろうとした。

しかし、出入りする人間を見逃すわけにはいかない、と、すぐに目を開き、エレベーターホールへと視線を向ける。と、そのとき、背後から囁《ささや》きかけてくる男の声が瞬の耳に響いた。

「防犯カメラに映っていた人物を探しているなら手伝うよ」

「……っ」

この声は、と瞬は焦って背後を振り返る。

「やあ」

笑顔を向けてきたのは藤岡だった。なぜ彼が登場した。大人しくこちらからの報告を待っているのではなかったのか。

動揺《どうよう》しつつも藤岡を睨《にら》み付けた瞬に対し、藤岡はどこまでも余裕綽々《よゆうしゃくしゃく》といった態度で接してきた。

「いてもたってもいられなくなってね。徳永さんや麻生君の能力を疑ったわけじゃないんだ。でも、自分のことだけにじっとしていられなくなっちゃって。どう？ 防犯カメラに映っている人間はいた？ とはいえ、網羅《もうら》はできないでしょう？ だから手助けに来たんだ」

「手助けだって？」

ようやく落ち着きを取り戻してきた瞬は、今日こそ丸め込まれまいと気持ちを引き締め、藤岡を尚も睨む。

「そう。これから通る人間の中で、島本と同じ部署、もしくは特別親しくしていた人間が通るたびに知らせるよ。君はその人物が防犯カメラに映っていたかどうかをチェックしてほしい……覚えている範囲でかまわないから」

最後、藤岡は瞬への気遣いを示そうとして『覚えている範囲でかまわない』という言葉を告げたのだろう。理解すると同時に瞬は、先程徳永に送ってもらった、鑑識の村田が撮った写真を藤岡に見せれば、どこの誰ということがすぐに判明するのでは、ということにも気づいていた。

どうしよう。部外者——という以上に、最有力の容疑者の言葉を、容易に信じていいのかという己の声が頭の中で響く。

おそらく彼は自分が徳永と離れ、一人になるのを待っていたのだ。その行為自体が『怪しい』としかいいようがない。

自分なら丸め込めると踏んだのだろう。しかし今、スマートフォンにある写真を彼に見せれば、映っている人間が誰であるか、即座に特定できるのではないか。

瞬の中に迷いが生じる。と、そのとき、瞬の視界に、先程見たばかりの——今、まさに徳永が身元を判明させようとしている、マンションの防犯カメラに映っていた男の顔が飛び込んできた。

「彼だ。あの、チャコールグレーのスーツ。島本さんの同期入社の友人、牧村《まきむら》だ」

「え……っ」

瞬が思わず声を漏《も》らし、藤岡を振り返る。

「え？」

勢いがよすぎたせいか、ぎょっとした様子となる藤岡のリアクションを見て、後悔《こうかい》を覚えるような心の余裕は既に瞬から失われていた。

やはりあの男は島本の関係者だった。しかも同期入社の友人となればかなり『近しい』はずである。

今すぐにもそのことを徳永に伝えねばと焦る瞬の思考から、それを特定したのが現在容疑者として最有力である藤岡ということもまた消えてしまっていたのだった。

# 8

まずは徳永に連絡を入れねば。しかし、と瞬は訝《いぶか》しそうに自分を見ている藤岡へと改めて視線を向けた。

「もしや牧村がマンションの防犯カメラに映っていたのか？」

藤岡に問われ、自分のリアクションから彼にそれを気づかれてしまったことを今更ながら反省する。

誤魔化《ごまか》すしかないが、何か喋《しゃべ》れば墓穴を掘ることになるのは間違いない。仕方がない、と瞬はこの場から彼を立ち去らせるべく口を開いた。

「警察に任せてほしいと言ったはずだ。すぐに立ち去るんだ。逮捕されたくなければ」

「質問に答えてほしい。牧村は防犯カメラに映っていたのか？」

「聞いてどうする気だ？　何かするつもりなのか？」

されては困る。もしも牧村が事件に関係があるとしたら、殊更《ことさら》、藤岡にはかかわらせるわけにはいかない。瞬の眼差《まなざ》しが厳しくなったのを感じたのか、藤岡は苦笑し、肩を竦《すく》めた。

「警察の邪魔をする気はないよ。言っただろう？　手助けがしたいって。どうやら無事に手助けできたようだから大人しく退散するよ」

「……っ」

反応しそうになるのを、瞬がぐっと堪えたのは、カマをかけられたと気づいたからだった。そんな瞬の反応を見て藤岡はにやりと笑うと、

「それじゃあね」

と手を振り、踵《きびす》を返した。

立ち去っていく背中を見送る瞬の口から溜め息が漏れる。あきらかに自分は藤岡に対し捜査情報を与えてしまった。しかしそのことを含め、一刻も早く徳永に報告せねば、と瞬はポケットからスマートフォンを取り出し、かけ始めた。

『どうした』

ワンコールで出た徳永の声に緊迫感が漲《みなぎ》っている。今、自分が徳永に連絡を入れるとしたら、他に防犯カメラに映る人物を見つけた、もしくは、写真に収めた牧村に何かしらの動きがあった場合だろう。

そうではない。が、それ以上に問題視される可能性は高い。覚悟しつつ瞬は、できるかぎり簡潔に、そしてわかりやすく、と心がけながら口を開いた。

「さっきの男の名前がわかりました。島本さんの同期で友人の牧村だそうです」

『どのようにして突き止めた？』

当然ながら聞かれるだろうと予測はしていた。が、答える声は緊張に震えてしまった。

「……ふ、藤岡が来ました」

『……それで？』

徳永が一瞬息を呑《の》んだのがわかった。状況をすべて説明せよということだろうと、瞬はごくりと唾《つば》を飲み込むと、藤岡が突然現れたこと、自殺をしたとされている島本と同じ部署、もしくは特別親しくしていた人間が通るたびに知らせると言い出し、牧村の名を教えてくれたと、そのときの状況を思い出せる限り正確に伝えた。

『それで藤岡は？』

話し終えるとすぐ、徳永がそう問いかけてきた。

「立ち去りました」

『牧村が防犯カメラに映っていたことには気づかれたか？』

「……っ。多分……」

　はっきりと確かめはしなかった。が、気づかれた可能性は高い。答えたあと瞬は、

「申し訳ありません」

　と、スマートフォンを耳に当てたまま深く頭を下げた。

『謝罪はいい。牧村は？』

　徳永が淡々とした口調で問うてくる。必要な情報を一刻も早く欲しているとわかるだけに瞬は、焦って答えを返した。

「年配の男と外出しました……あっ」

　あとを追ったほうがよかったか、と今更気づき、後悔から瞬は思わず声を漏らしてしまった。

『ひとまず戻って来い』

「わ……わかりました」

　徳永の口調は相変わらず平静さを保っていた。さぞ怒りを、そして失望を感じているだろうにと、心の底から申し訳なく思いながら瞬は、

「すぐ戻ります」

　と電話を切ると、せめて早く戻ろうとエントランスに向かい駆け出したのだった。

「本当に申し訳ありません」

二十分後、警視庁地下二階の特殊能力係の部屋に入ると同時に瞬は、徳永に向かい深く頭を下げ謝罪した。

「牧村の件は、捜査一課長に報告した。結果、牧村が実際、偽名を使って島本さんと同じマンションに住んでいたかの確認に小池が向かっている」

「……っ。捜査本部の方針が変わったってことですか？」

藤岡以外に犯人がいるということになったのだろうか、と問うた瞬に対し、徳永は首を横に振った。

「相変わらず、藤岡犯人説が主流だ。とはいえ、牧村が『若宮』を名乗って同じマンションに住んでいたことが証明できれば、話はかわってくる」

「藤岡が接触してきたことについては、その……」

明かしたのだろうか、と瞬が問うより前に、徳永が首を横に振る。

「言うわけにはいかない」

「……はい……」

実際、藤岡以外に疑わしい人物の存在がわかったとしても、さすがに明かすわけにはいかないか、と瞬もまた頷《うなず》いたのだが、藤岡との接触を語らずして牧村を調べさせることができるとは、それだけ捜査一課長からの信頼が厚いということだろうと感心する。

それにしてもなぜ、徳永は藤岡の存在を捜査一課長に告げずにすませているのか。今更ではあるが、徳永らしくないといえば、この上なく『らしくない』。

捜査本部の方針が藤岡犯人説をとっているにしても、普段の徳永であれば、接触があったことを報告していそうな気がする。

それをしていないということは、やはり徳永にとって藤岡が特別な存在ということだろうか――いつしか一人の思考の世界に入っていた瞬は徳永に声をかけられ、はっと我に返った。

「藤岡は牧村が防犯カメラに映っていたと気づいた可能性が高い。そうだな?」

「はい……おそらく」

申し訳ありません、とまたも詫《わ》びそうになり、謝罪より説明、と再び己に言い聞かせ瞬は口を開いた。

「表情に出てしまったのを気づかれたように思います」

「……だとすると、藤岡が動く可能性がある」

徳永はそう言うと立ち上がった。

「やはりもう一度、島本さんの会社に戻るか。藤岡は警察を信用していない。疑わしい人間がわかった時点で、自ら動くのではないかと思う」

「わかりました……っ」

藤岡を追い返してしまったことを瞬は後悔《こうかい》せずにはいられなかった。

「藤岡を足止めしておくべきでした。せめて連絡先を聞くとか……」

後悔がつい、瞬の唇から言葉となって零《こぼ》れ出る。

「藤岡はもともと我々を利用するつもりだっただろうよ」

徳永はそう言い、瞬の肩をぽんと叩くと、

「行くぞ」

とドアへと向かう。

「はいっ」

落ち込んでいる場合ではない。もしも牧村が島本夫婦の殺害にかかわっていたとしたら、藤岡にコンタクトされたことで身構え、逮捕の機会を逸することにもなりかねない。

藤岡に邪魔をさせるわけにはいかない。まずは彼を阻止することが必要だと、徳永は判断したのだろう。

瞬はそう察し、必ず藤岡の動きを止めてみせると心に誓うと、徳永に続き部屋を出たのだった。

島本の勤務先に到着すると徳永は、今度はロビーには入らず、建物の外で見張ると瞬に告げた。

さすがに長時間、ロビーにいたので目立つだろうと案じたのと、もしも藤岡が声をかけるつもりであれば屋外を狙うだろうという理由を説明され、納得した瞬は徳永と少し離れたところからエントランス前に陣取り、一層意識を集中させて、牧村と、そして藤岡の姿を探し続けた。

六時を過ぎると、帰宅の途につく大勢の社員が建物から吐き出されてきた。しかし牧村の姿はその中にない。外出したまま戻らなかったのではないか。時間が経つにつれ、その可能性が高いのではと案じていた瞬だが、彼の焦りは暗くなればなるほど人の顔を識別しづらくなるから、という理由もあった。

まだ社内に残っているといい。気づかぬうちに出ていかれてしまったというのが一番マズい。果たして牧村が『若宮』だという裏付けは取れたのだろうか。取れていたら小池から連絡がくるか。そうなれば捜査一課の協力のもと、牧村の行方《ゆくえ》を聞くべく正面から会社を訪れることもできるのだが、と瞬は唇を噛《か》む。

もし、牧村が外出先から直帰したのであれば、藤岡もまた空振《からぶ》りとなる。それが唯一の救いだ、と溜め息を漏《も》らしかけた瞬の胸に疑念が生まれる。

いや、待て。もし藤岡が牧村を外出先まで追っていたとしたら？

藤岡が会社を出ていったタイミングで、それは可能だっただろうか。充分、間に合っていたように思う。

それを報告せねば、とスマートフォンを取り出そうとしたとき、不意に手の中でそれが着信に震えたため、誰だ？　と瞬は驚きつつ画面を見た。

「……？……」

非通知の番号からで、一体誰だ？　と首を傾《かし》げつつも瞬は、今は誰とわからない電話に出ている場合ではないと切ろうとした。が、次の瞬間、もしや、と思いつき慌てて通話ボタンを押す。

「はい」

『あ、麻生君？　よかった。出てくれて。藤岡だ。今、どこ？』

「……そちらこそ、今どこにいる？」

瞬は徳永に合図を送ろうとした。が、下手《へた》に動き、目立つわけにはいかない、と、取り敢《あ》えず藤岡の居場所を突き止めようと電話に意識を集中させる。

『教えるから来てもらえるかな？　これから牧村を問い詰めようと思うんだけど、僕一人では心許《こころもと》ない……というか、白状させたところで証人がいなければ逮捕を免れそうだし。彼に白状させてみせるから、是非《ぜひ》ともギャラリーになってもらいたいんだ。勿論《もちろん》、徳永さんも連れてきてくれていいよ』

「どこにいる？　牧村とコンタクトを取るつもりか？」

確認せずともそのつもりであることは瞬にもわかった。だがどうすれば阻止できるのかと考える隙《すき》を藤岡は与えてくれなかった。

『牧村は会社の寮住まいでね、どうやら真っ直ぐ帰宅するようだ。寮に入る前にコンタクトを取ろうと思う。場所は行徳《ぎょうとく》。駅から五分くらいだ。駅前のカフェに連れていこうと思っている。とにかく来てくれ。また連絡するから』

それじゃあ、と藤岡は瞬の返事を待たずに電話を切ってしまった。唖然《あぜん》としている暇などない、と瞬は焦って徳永の番号に電話をかけた。

『どうした』

「藤岡から電話がありました。牧村と接触するので行徳に来てほしいと」

『……っ。わかった。この時間、交通渋滞の可能性が高い。東西線《とうざいせん》ホームに向かう』

徳永もさすがに驚いたようだが、短く答え電話を切る。瞬もまた駅に向かって駆け出した。

混雑した地下鉄に揺られながら瞬は今更のように、藤岡に騙《だま》されているのではないかという考えに至った。

「徳永さん」

「…………」

徳永に呼びかけると、難しい顔で少し首を傾げたあとに、

「いや」

とだけ答え頷いてみせた。言いたいことが伝わった上で、大丈夫だろうと答えてくれた徳永に対し、瞬もまた頷き、地下鉄が行徳に到着するのを今や遅しと待った。

その後、藤岡からはカフェの名前を記したショートメッセージが届いたが、返信をしても既読にはならなかった。

ようやく地下鉄が行徳に到着し、瞬と徳永は指定されたカフェに走った。

「いません」

「ああ」

カフェを見回したが、藤岡の姿も牧村の姿もない。喫煙《きつえん》スペースにもいないことがわかると徳永は店員に警察手帳を見せ、ぎょっとした顔になった彼女に藤岡について問いかけた。

「三十歳くらいの男の二人連れが先程までいたはずなんですが。一人は背が高く、もう一人はサラリーマンでスーツを着ています」

「え？　あー、結構イケメンの人ですかね。二十代に見えました。モデル体型の人ですよね？　黒い服を着ていた……」

若い店員は藤岡のことをよく覚えている様子だった。確かに人目を引く容姿ではある。しかし彼女が覚えていた理由は容姿のみではないことが続く話でわかった。

「喧嘩《けんか》してるみたいに見えたんです。もう一人のサラリーマンの人が大声を上げて。店の中で騒ぎを起こされたら困るなあと思いつつちらちら見てたら、イケメンと目が合って。バツが悪かったのか、イケメンがサラリーマンを促して出ていきました。ちゃんと飲んだもの、その人がサラリーマンの分まで片付けていってくれて、いい人だなと思いました。サラリーマンはとっとと出ていっちゃってて、感じ悪いなと」

「サラリーマンってこの人ですか？」

徳永が自身のスマートフォンを操作し、牧村の写真を見せる。

「あ、はい。この人です。何度か見たことあるなと思ったので、近くに住んでるのかも」

「他に気になったことはありませんか？　このあとどこに行くとか、なぜ揉《も》めていたのかとかわかるといいんですが」

徳永が真っ直ぐに店員の瞳を見つめ、問いかける。店員がいたたまれなさそうな顔になったのは、徳永の眼差《まなざ》しが厳しかったからというよりは、『イケメン』好きらしい彼女が徳永の容姿に見惚《みと》れてしまったからではないかと、瞬は今はそんな場合ではないと思いつつも、そう思わずにはいられないでいた。

「どこに行くとかは言ってなかったと思います。サラリーマンが『ふざけるな』というようなことを怒鳴って、イケメンが『落ち着いてください』と宥《なだ》めてて、ここで大声を上げては迷惑になるから人の迷惑にならないところにいきましょう、と、それで出ていったんです」

「人に迷惑をかけないところ……この近くでどこか心当たりはありますか？」

徳永が重ねて彼女に問う。

「近くの公園ですかね……夜は子供もいないし、多少大声を上げても苦情が出ることはないんじゃないかと……」

「ありがとうございます」

徳永は笑顔で礼を言うと視線を瞬へと向け頷いた。瞬もまた頷き返し、二人してカフェを出る。

「公園内を手分けして探そう。俺はこちらから回る。お前は向こうを捜せ」

「わかりました」

既に夜の帳《とばり》に包まれた公園は、ところどころに街灯はあるが全体的に暗く人を探すのには少々困難な様子だった。

広大とまではいえない広さではあるので、一巡するのにもそう時間はかからない。人影はまばらであるが近づかないと顔が確認できないため、瞬は注意深く公園内を巡り始めた。

カフェの店員がすぐ思い出せたくらい特徴的な、スタイルのいい長身は、服装が黒とはいえ夜目にも目立つはずなのに、見つけることができない。二人の行き先は公園ではなかったのかと諦めかけていた瞬だったが、公衆トイレの前を通ったとき、くぐもった男の声が聞こえてきた気がし、足を止めた。

「…………」

トイレの中か。いや、建物の陰か。

これと説明のできない緊張感が漲《みなぎ》ってくるのがわかる。刑事の勘というものだろうかと思いながら瞬は相手に気づかれぬよう足音を潜め、公衆トイレの建物を回り込み声の正体を確かめるべく近づいていった。

「……う……」

力なく呻《うめ》く声。他に人の気配はない。嫌な予感がし、瞬は急いで声のする方へと近づいていく。

「あ！」

街灯の明かりが届かない闇の中、男が倒れているのがわかる。呻いている理由は苦痛だと推測できるために瞬は男に駆け寄り、声をかけた。

「大丈夫ですか」

跪《ひざまず》き、顔を覗《のぞ》き込んでそれが藤岡であると気づく。

「藤岡！」

「……やられた。すっかり油断した」

藤岡が力なく笑いながら着ていた上着を捲《めく》ってみせる。

「な……っ」

彼の腹にナイフが刺さり、大量の血が服に滲《にじ》み出している。声を失いはしたが瞬はすぐ我に返ると携帯を取り出し、徳永にかけた。

「藤岡が！　藤岡が刺されてます！」

『なんだと!?』

普段冷静な徳永にしては珍しく大きな声を上げていたが、すぐに居場所を問うてきた。

『救急車は俺が呼ぶ。ナイフは抜くな。しっかり固定しろ』

「わ、わかりました」

返事をし、電話を切ると瞬は藤岡の腹に刺さるナイフの回りをしっかりと押さえた。

「救急車が来る。少し待て」

「……すぐ、牧村を追ったほうがいい。何をするかわからないから」

「喋《しゃべ》らないほうがいい」

苦しげに声を絞《しぼ》り出すと腹が動き、出血が増す。瞬の手はみるみるうちに赤く染まっていった。

「麻生！」

そこに徳永が駆けつけてきて、瞬の背後に立つ。

「刺したのは牧村だそうです」

「捜査本部に連絡を入れた。彼の行方《ゆくえ》は今捜査一課が追っている」

「……それはよかった。刺された甲斐《かい》があった」

ふふ、と苦しげにしつつも、藤岡が笑う。

「……つぅ……っ」

しかし痛みを覚えたようで呻いた彼を徳永が厳しい目で見下ろした。

「狙ったのか？　刺されるように」

「……さすがに命は張れないよ。しかし考えてみれば奴は既に人を殺していたんだった。油断するべきじゃなかったよ」

「喋らないでください」

瞬が思わず声を上げたのは、彼が喋る度《たび》に傷口からの出血の勢いが増すことを両手で感じるからだった。

「怒られた」

ふふ、と藤岡が笑い、目を閉じる。そのまま黙り込むかと思ったが、

「ああ……そうだ」

と目を開いたかと思うと彼は徳永を見上げ、苦しそうにしながら口を開いた。

「……口裏を合わせておこう。俺が牧村に接触しているのを麻生君が見かけてあとを追った……でいいかな？　携帯の履歴《りれき》はこっちは消してあるから」

「……え？」

咄嗟《とっさ》には意味がわからず、瞬は戸惑いの声を上げた。

「こちらのことまで気にしてくれなくて結構」

徳永がきっぱりと言い返したのを聞き、自分たちとかかわりがあったことを隠そうとしているのかとようやく瞬は気づいた。

「いや、迷惑はかけられないからね」

藤岡が苦しげな顔で笑ったところで、救急車のサイレン音がようやく聞こえてきた。

「……牧村、逮捕してくれよ？」

頼む、と微笑《ほほえ》んだあと、藤岡は目を閉じ、微《かす》かに息を吐き出した。

「ああ」

徳永は短く答えると、唇の端を少し上げ微笑んでみせる。駆けつけた救急隊員に彼を引き渡したあと、瞬は血に染まる手をトイレで洗ったが、手だけでなくスーツもシャツも藤岡の血で汚れてしまっていた。

かなり出血していたが、助かるだろうか。案じながらトイレの外に出ると、誰かと電話をしていた徳永の通話がちょうど終わったところだった。

「牧村が逮捕された。島本さんのマンションの、彼が偽名で借りた部屋に戻ってきたところを捕らえたということだ」

「やっぱり牧村が『若宮』だったんですね！」

瞬の返しに徳永は「ああ」と頷《うなず》いたあと、瞬を頭から足先までざっと見下ろした。

「その格好で電車に乗るのは目立つな。タクシーで帰るといい」

「え？　あ、でも……」

職場に戻らなくていいのだろうか。問いかけようとした瞬に対し徳永は、

「ひとまず、お前は帰れ」

と言うと、先に立って歩き始め、通りに出たところでちょうど通りかかった空車のタクシーに手を上げた。

「金はあるか？」

乗れ、と瞬を促した徳永は、瞬の所持金の心配もしてくれた。

「大丈夫です」

「詳しいことは明日、説明する」

それじゃあ、と徳永が車から離れた。タクシーのドアが閉まり、徳永を残して走り出す。

「どちらまで？」

運転手がバックミラー越し、ちらちらと瞬を窺《うかが》いながら行き先を問うてくる。

「あ……高円寺まで」

血で服を汚していることを訝《いぶか》られているらしい。通報をされては面倒なことになると瞬はポケットから警察手帳を出し、運転手に示した。

「こんな格好ですが、怪しい者ではありませんので」

「あ、刑事さんだったんですね。いやあ、乗られてきたとき、怪我《けが》でもされているのかなと心配で……って、怪我、してませんよね？」

「はい。怪我人の手当てをしただけです。シート、汚さないように気をつけます」

それを気にしたのだろうと察し、先回りをして瞬が告げると、運転手は、

「いやいや、拭けばすむことなんで大丈夫ですよ」

と笑顔で答えたあと、興味津々《しんしん》とばかりに質問を始めてきてしまった。

「そういや救急車、来てたみたいですよね。あの公園で何かあったんですか？　通り魔とか？　被害者のかたの血ですか？」

「ええと、その……」

しまった、刑事と明かしたのは失敗だったかと瞬は内心後悔《こうかい》しつつ、なんとか誤魔化《ごまか》そうとした。

「まだ発表前なので、その……」

「ああ、べらべら喋っちゃいけないってことですね。そりゃそうですよね。そしたらニュース見て、ああ、これだったんだなと思いますよ」

幸い、気のいい運転手だったらしく、瞬が困っていることを見抜いたようで、向こうから話を切り上げてくれた。

「すみません……」

「いやいや。こっちこそすみませんね」

明るく謝られたあと、運転手は気を遣ってくれたのか、最近大きな地震が続きますねと

いった差し障《さわ》りのない話題に終始した。

　家の近くでタクシーを降り、誰もいないことを祈りつつエントランスを入る。無人であることに安堵《あんど》し、部屋に入った瞬は、佐生の靴《くつ》に驚き、急いで明かりのつくリビングダイニングへと向かった。

「おかえり……って、どうした？　その血……っ」

　ダイニングでパソコンを前にしていた佐生が瞬を見て、驚いた声を上げる。

「帰ってたんだ？　叔母《おば》さんは？」

　驚くのはこっちだ、と瞬が問い返すと、

「叔父《おじ》さんが温泉に連れていったから、瞬の様子を見に来てやったんだよ」

と、敢《あ》えて恩着せがましいことを言い笑ってみせる。

「それより、どうした？　怪我ってわけじゃないよな？」

「うん。怪我人がいてさ。その人の血」

「スーツはすぐクリーニング出したほうがいい。ワイシャツも。落ちるかなあ。落ちなかったら捨てるしかないけど」

「落ちることを祈るよ」

　着替えてくる、と瞬は言葉を残し、自分の部屋へと向かった。リビングダイニングに戻ると佐生は瞬のためにビールを用意して待っていた。

「何か食べる？　とはいえカップラーメンか冷凍食品しかないけど」

コンビニで買ってこようか、と聞いてくれる佐生に瞬は、

「カップラーメンを食べるよ」

と言い、自分で引き出しから出してくると、お湯を沸かし始めた。

「ところでどうしたの？　聞いていい？」

キッチンにやってきた佐生が、遠慮《えんりょ》がちな口調で問うてくる。

「うーん……」

当然ながら、部外者である佐生には話すべきではない。しかし犯人は逮捕されたと言っていたし、いつものように口止めをすれば、そして詳細を話さなければまあいいかと、瞬は佐生を振り返った。

「誰にも言うなよ。小説のネタにもしちゃ駄目だぞ」

「勿論《もちろん》。わかってる。血まみれで帰ってこられてびっくりしたんだから。理由くらい聞かせてくれよ」

佐生に恨みがましくそう言われ、確かにそれはあるか、と瞬は「悪い」と謝ると、ちょうどお湯が沸いたところだったのでカップラーメンに注ぎ、それを手にダイニングに戻っ

てから、島本美恵子殺害について、ラーメンを食べながら明かしていった。

詳細については適当にぼかしたまま話を終えると佐生は、

「なんだかミステリー小説みたいな事件だね。偽名で同じマンションに引っ越して盗聴するとか、犯行を自分以外の人間がしたように仕組むとか」

と感心した声を上げた。

「書くなよ？」

信用はしているが、一応念押しをしようと瞬が佐生を睨《にら》む。

「わかってるって。信用ないなあ」

佐生が口を尖らせ、瞬を睨み返してくる。

「にしてもその詐欺師《さぎし》、もしかしてわざと刺されるように仕向けたんじゃない？　犯人をどうやって追い詰めたのか、聞いてみたいな」

「そうだよな……」

もしも藤岡が刺されていなければ、捜査本部は彼の言うことを信じなかっただろう。刺されたからこそ、刺した牧村の逮捕へとつながり、藤岡の殺害容疑は晴れた。

「にしても命がけだよな。いろんな意味で凄《すご》いや」

佐生はひとしきり感心してみせたあと、疑問に気づいたらしかった。

「でもどうして徳永さんはその詐欺師の言葉を信じたんだ？　詐欺師と過去、かかわりがあったとか？」

「昔、取り調べをしたことがあると言ってた。十年くらい前だそうだけど」

「それで信頼に足る詐欺師ってわかったってこと？　あれ？　詐欺師が信頼に足るって、なんか変だね」

佐生は首を傾《かし》げたが、すぐ、

「まあでも、詐欺師のほうはそのときに徳永さんを見込んだってことなんだろうね。徳永さんなら信頼できる、聞く耳を持ってもらえるに違いないって」

と納得してみせ、瞬もまた彼の言葉を聞いて改めて、そういうことだったのかもしれないなと納得することができた。

「だとしても、もしも詐欺師からコンタクトがあったとわかったら、徳永さんも瞬も問題になるんじゃない？」

佐生が心配そうに問いかけてくる。

「……そうだよな……」

そのあたりのことを案じたからもしや徳永は、自分を先に帰したのだろうか。不意にその考えが瞬の頭に浮かぶ。

徳永一人に責任を押しつけるようなことは絶対したくない。もし処分を受けるようなことがあるのなら、自分も同じ処分を受ける。

そもそも、藤岡に声をかけられたのは自分であり、徳永を巻き込んだのもまた自分なのだから。

自然と拳を握り締めてしまいながら瞬は、明朝はできるかぎり早くに出勤し、徳永に己の思いを伝えようと心に決めたのだった。

# 9

明朝、いつもよりも一時間以上早い時間に瞬は職場に向かった。

「おはようございます」

「おはよう」

徳永は既に席にいて、いつものようにコーヒーを飲みながら指名手配犯のファイルを捲《めく》っていた。

「あの、徳永さん。昨日はすみませんでした」

「いや」

徳永は短く答えたあと、顔を上げ瞬を真っ直ぐに見据えてきた。

「捜査一課への説明はすんでいる。何も案ずることはないからな」

「それは……つまり、藤岡の件に関して処分は特になしということでしょうか」

徳永の言いようからして、おそらくそうであろうとは思ったが、確認はしたい、と瞬は心持ち身を乗り出し、徳永に問いかけた。

「やはり心配していたか」

徳永が苦笑し、見ていたファイルから視線を上げて瞬を見る。

「説明するから、コーヒーを淹《い》れてきたらどうだ？」

「ありがとうございます」

本当は早く聞きたかったのだが、折角《せっかく》言ってもらったことだし、と、瞬は礼を言うとバックヤードへと向かい、徳永が既にセットしてくれていたコーヒーメーカーから自分のカップにコーヒーを注ぐと、急いで席に戻った。

「慌てる必要はない」

徳永が可笑《おか》しそうに笑う。普段から冷静沈着な彼のそんな様子は滅多《めった》に見られるものではなく、余程機嫌がいいということだろうと思いながら瞬は、徳永の説明を待った。

「俺が藤岡が犯人であることに納得できず、防犯カメラをお前と共にチェックして島本の同僚である牧村の存在に気づき、その行方《ゆくえ》を捜索中に藤岡が刺されたところに遭遇《そうぐう》、藤岡から牧村に刺された旨《むね》を聞き、捜査本部に連絡した——ということになっている。まあ、捜査一課長は薄々気づいているとは思うが」

「そ、そうなんですか？」

気づかれているのなら何かしらの処分があるのでは、と慌てた瞬に徳永は、大丈夫だ、というように頷《うなず》くと、話を続けた。

「逮捕された牧村は観念して藤岡を刺したことだけでなく、島本美恵子さん殺害も、夫の島本幸雄さんに横領の罪を被《かぶ》せた上で自殺にみせかけて殺したことも全て自白した。彼は偽名を用いて島本さん夫婦と同じマンションに引っ越し、島本さんの部屋にしかけた盗聴器で夫婦の様子を探っていたそうだ」

「盗聴器はいつ仕掛けたんですか？」

「部内コンペの帰りに家にあげてもらったことがあり、そのときに隙《すき》を見て仕掛けたと言っていた」

「盗聴の目的は横領の罪を島本さんに着せるためですか？」

瞬の問いに徳永が「そうだ」と頷く。

「牧村は不動産投資に失敗し、多額の負債《ふさい》を追った。闇金にも手を出しており、借金返済で首の回らない状態となっていたため、横領を思いついた。最初は島本さんを抱き込もうとし、彼の弱みを握って協力させるために盗聴器をしかけたところ、妻の美恵子さんが投資詐欺に遭《あ》ったと知った。それが島本さんの横領の動機になると気づいて、彼に横領の罪をかぶせた上で自殺に見せかけて殺す計画を立てたのだそうだ。真面目《まじめ》な島本さんだけに、脅《おど》せば警察や会社に通報しかねないと案じての犯行だったと」

「酷《ひど》い奴ですね……」

瞬は憤《いきどお》りながらも、人二人も殺したことをよく素直に吐いたものだと、それを疑問に思い問いかけた。

「取り調べに手こずるようなことはなかったんですか？」

藤岡を刺した罪に関しては藤岡が生きているので逃れようがないが、横領や島本夫婦殺害に関してまですべて自白するなど、正直意外だった、と瞬が言うと徳永は、苦笑めいた笑みを浮かべてみせてから、意外な言葉を口にした。

「藤岡に犯行の全てを見抜かれた上で、証拠も押さえてあると脅されたそうだ。自分が黙っていたところで藤岡に喋《しゃべ》られれば全部露見してしまうと、それで自白したということだった」

「藤岡が？　どうしてわかったんでしょう。あ、もしかして……っ」

首を傾《かし》げていた瞬だが、ある可能性に気づき、自分のスマートフォンを取り出した。

「お前が盗聴されていたわけではない。藤岡はカマをかけただけだろう」

徳永に呆《あき》れたように言われ、そうなのか、と瞬は羞恥《しゅうち》を覚えつつスマートフォンをポケットに仕舞った。

「藤岡はどうやって真相に辿《たど》り着いたんでしょう。彼が知り得た情報は、マンションの防犯カメラに牧村が映っていた可能性がある、ということだけだったんじゃ……？」

もしや自分たちに明かしていない情報があったのだろうか。美恵子から何かを聞いていたとか、と、瞬はその可能性を思いつき、徳永に問うてみることにした。

「我々に明かしていない情報《ネタ》があったんですかね？」

「それは本人に聞くしかないが、おそらくハッタリをかましたのではないかと思う」

「ハッタリ？」

「奴は詐欺師《さぎし》だからな。相手の出方を見ながら真相を突き止めていったんだろう。牧村はまんまと乗せられたんだ。未だに気づいていないだろうが」

「なるほど……」

さすが――と感心するのはどうかと思いながらも瞬が徳永の言葉に納得したのは、藤岡が今まで三桁《けた》に上るほどの詐欺を働いてきたという実績があるためだった。

しかも被害額は、生活に困るような状況には陥《おちい》らないよう、それぞれに応じた範囲に収めている。

一度見た人間の顔は忘れないという能力を藤岡もまた持っているというが、そうした見極めのできる能力も充分、特殊といっていいものだろう。

それにしてもなぜ藤岡はその優れた能力を詐欺などに使うのか。他に使い道はいくらでもあるように思う。それこそ、投資とか、と考えていた瞬は、徳永に声をかけられ、はっと我に返った。

「これから藤岡に面会に行こうと思っている。捜査一課長の許可は取った。お前も行くだろう？」

「はい、行きたいです」

藤岡の容態も気になっていただけに瞬は即答したのだが、今の疑問を本人にぶつけてみるのもいいかと考えていた。

それからすぐに徳永と瞬は警視庁を出て、藤岡が入院している警察病院へと向かった。藤岡の病室の前には見張りの若い刑事が二名立っていて、徳永を見て敬礼をし、病室の扉を二人のために開けてくれた。

「やあ」

部屋は個室で、部屋の中央にあるベッドには藤岡が少し背もたれを上げた状態で横たわっていた。

「命の恩人が来てくれた」

明るく声をかけてきた藤岡は、考えていた以上に元気そうで、昨日は瀕死《ひんし》の状態に見えたが、と瞬は驚いたせいで声を失ってしまっていた。

「ありがとう、刑事さん。あなたが駆けつけるのがもう少し遅かったら、俺はもう死んでいたところだったよ」

「え？」

今まで『麻生君』と呼んでいたのに、と疑問を覚えたのがわかったのか、藤岡が目で病室のドアを示してみせる。

「……あ……」

外にいる見張りの刑事たちに、室内のやりとりを聞かれる可能性が高い。それで誤魔化《ごまか》してくれているのかと察した瞬の口から思わず声が漏《も》れた。

「元気そうだな」

徳永がちらとそんな瞬を見やったあと、視線を藤岡へと向け声をかける。

「やあ、徳永さん。久し振り。十年以上ぶりかな。お互い、老けたよね」

「十年前の取り調べなど、よく覚えているものだよ」

徳永が苦笑したのは、藤岡の演技をわざとらしく感じたこともあるようだ、と瞬は上司の表情を見つめながら密かにそんなことを考えていた。

「覚えているよ。あのとき徳永さん、泣いてたし」

「えっ」

　意外すぎる言葉にまた、瞬の口から大きな声が漏れる。

「信じられないだろう？　彼、ピュアだったんだよ。俺の生い立ちの話をして——まあ、半分以上デタラメだったんだけど、要はまともに育つことができなかったのは俺のせいじゃないと訴え、真面目に働きたくても働けない人間もいるってことを忘れるなと言い放ったら、泣いちゃったんだよね。そんなこと、考えたこともなかったって言って」

「泣いちゃいない。ショックは受けたが」

　ふざけた感じで話す藤岡に対し、当然怒るだろうと思っていた徳永は淡々とそう返すと、藤岡を見据え言葉を続けた。

「半分以上デタラメというのは嘘だな。八割がた、事実だった」

「確かめたんだ」

　今度は藤岡が驚いたように目を見開いたあとに、にやりと笑う。

「事実だとわかって、また泣いた？」

「泣いてはいない」

　徳永は怒るどころか、苦笑していた。

「昔話より、昨日の話だ」

そして話の主導権をあっという間に藤岡から取り上げると、淡々と問いを発し始めた。

「刺されたのはわざとか?」

「まさか。ナイフを持っているとは思わなかったよ。しかも会社帰りだよ? もしかして彼、逃げおおせられるとは思っていなかったのかもね。いや、知らないけど」

「牧村の犯行について詳細を語ったそうだが、なぜ知っていた?」

「知ってるわけないじゃないか。適当だよ。彼の反応を見ながら話を組み立てていった。盗聴器のくだりが一番反応したかな。あとはヤクザの話。彼、闇金から借りた金で相当怖い思いをしていたみたい。人殺しをしたことをヤクザに知られると、たとえ借金を返したとしても一生しゃぶり尽くされるよと脅かしたら、ナイフを抜いたんだよね。俺がヤクザに知らせると思ったのかも」

「そうか」

徳永は短く答えると、瞬を振り返った。もう自分の聞きたいことはすべて聞いたので、瞬のほうで何かあるかと問われていることがわかったものの、瞬は咄嗟《とっさ》に言葉が出ず、頷くに留めた。

「退院後は詐欺容疑の取り調べが始まることになるだろう。病院で体力をつけておくといい。件数はやたらとあるから」

徳永が視線を藤岡へと戻しそう言うと、瞬に、行くぞ、と目配せをして病室を出ようとした。

「徳永さんもお元気で。そっちの若い子もね」

藤岡が笑って二人を見送る。屈託のない笑顔に瞬は戸惑いを覚えると同時に、やはりこれだけは聞きたいと思い、藤岡に向かい問いかけた。

「なぜ詐欺を働くんだ？　他にもっと……っ」

できることがあるだろうに、と言いかけた瞬の言葉を、笑顔のまま藤岡が遮る。

「他にもっと能力を役立てる仕事があるだろうって？　十年前の徳永さんと同じことを言うね、君も」

「……しかし……」

徳永への答えは、それができない人間もいるのだというものだった。しかし瞬はどうにも納得できないのだった。確かに、容易ではないとは思う。だがまったく可能性がないわけではないと思うのだ。

一度見た人の顔を忘れないという能力も、相手の状況を見抜くことができる能力も、必ず必要とされているところはある。人を騙《だま》して金を巻き上げることなどに使ってほしくない。もっと人のためになることに使えるはずなのだ。

今回、牧村を逮捕したように――。

「まあ、なんだろうな。十年前は生きるためだった。でも今は……性分になってしまっているからね。説得力はなくなっているかも」

藤岡が肩を竦《すく》めてみせたあとに、どうやら傷が痛んだらしく、「いてて」と腹に手を当て、呻《うめ》いてみせる。

「大丈夫ですか」

問いかけが丁寧語《ていねいご》になっていたことに気づいたのは、藤岡が苦笑したからだった。

「……おそらく俺は、一生、変われないと思う。ただ、徒党を組んで悪さを働くようなことだけはしないから。あれはほんと、不愉快極まりないよ」

藤岡は憤《いきどお》った声を上げたが、すぐに我に返った様子となると照れたように笑ってみせた。

「君たち警察からしたら同じ穴の狢《むじな》ってことだろうにね」

「いや……」

今、藤岡が言っているのは、佐生の叔母《おば》も被害を受けた『劇場型詐欺』を行う詐欺グループのことだろう。あれと藤岡とは違うような気がする。やっていることはどちらも他人の金を騙し取るという行為だが、藤岡は本人の言うとおり、彼らとは一線を画しているようにも思える。

　だからこそ亡くなった島本美恵子も、彼から連絡を受けた際に警察に届けることなく、諸々《もろもろ》相談する気になったのだろう。

　詐欺師に対する言葉ではないが、情があるとでもいうのだろうか。

「まあ、それはさておき」

　瞬は何も言えなかったが、藤岡には何かが伝わったのか、またも苦笑してみせたあとに彼は口を開いた。

「あまり詐欺師を信用しないほうがいいよ。君は本当にいい子だね」

「馬鹿にしているのか？」

　そうとしか聞こえない、と瞬は藤岡を睨《にら》んだが、言葉ほどの怒りは覚えていなかった。

「してないよ。感謝してる。さっき言ってくれたこと、それこそ言ってもらえるうちが花だとは思うから、君の言葉はココに刻み込んでおくよ」

　ココ、と言いながら藤岡が親指で己の胸を指し示す。

「徳永さんの涙もね」

「記憶を改竄《かいざん》するな。泣いていない」

　徳永は怒るでもなく、いつものように淡々と返すと瞬に向かい、「行くぞ」と声をかけた。

「はい」

瞬は頷《うなず》き、徳永と共に病室を出る。

「ありがとうございました」

部屋の前に立っていた二人の刑事に徳永が頭を下げるのに倣《なら》い、瞬も頭を下げる。

「お疲れ様です」

捜査一課の若い刑事は二人に頭を下げ返してきたが、徳永を見る彼らの目には好奇の色が爛々《らんらん》と輝いているのがよくわかった。

やはり病室内の話を聞いていたようだ、と察した瞬の胸に、もやっとした思いが宿る。しかし見張りなのだから室内の様子に聞き耳を立てているのは刑事として正しいこともまた、瞬は理解していた。

「これから見当たり捜査に向かう。場所は東京駅。真っ直ぐ向かうので大丈夫か？」

警察病院を出ると徳永が早速瞬に問いかけてきた。

「はい、大丈夫です」

「ならいい」

行こう、と徳永が声をかけ、駅までの道を並んで歩き始める。

「いよいよ、逮捕されるんですね」

周りに人がいなかったこともあって、瞬は徳永に話を振った。

「そうだな」

「……うまく言えないんですけど、やはり、なんだか惜しいなと思ってしまいます」

「…………」

瞬の言葉に徳永は、一瞬、何かを言いかけたが、言葉を選ぼうとしたのか口を閉ざした。

「俺や徳永さんと接触したことも黙っているつもりのようだし、根っからの悪人ではないんじゃないかと思えてしまって……」

「しかし少なくとも善人ではない。詐欺《さぎ》は犯罪だ。間違いなくな」

「……っ」

徳永の語調は穏やかではあった。が、口調はきっぱりしていた。

「すみません……」

瞬とて、藤岡が犯罪者であるという事実を忘れたわけではなかった。ただ、惜しいと思ってしまった。一度会った人の顔を忘れないという能力を自分は見当たり捜査に活《い》かせている。藤岡はただ、警察に捕まらないようにということにのみ使っているのがやりきれなかった。

本当に彼は、自身が言うように『変われない』のだろうか。今回間違いなく犯した詐欺の罪で逮捕されることになるだろう。しかし罪を償《つぐな》ったあとには人生をやり直すことはできないのか。真っ当な道を進もうと本人が望みさえすれば、変わることはできるのではないか。

「謝る必要はない。これからは通常業務だ。気持ちを切り換えるんだな」

相変わらず徳永の口調は淡々としていた。が、ぽんと肩を叩いてきたその手は優しさを感じさせるものだった。

「はい。集中します」

藤岡について思うことは多々ある。しかし今、やるべきは自身に与えられた任務だ。気持ちを切り換えねばならない、と瞬は自身を叱咤《しった》すると、徳永に向かいきっぱりと言い切った上で頷いてみせた。

徳永は何も言わなかったが、再びぽんと肩を叩いてきた。それでいいということだろうと瞬は思い、見当たり捜査で未だ逮捕を免れている犯罪者を見つけ出してみせると改めて心に誓ったのだった。

決意も新たに臨《のぞ》みはしたが、その日の見当たり捜査も空振《からぶ》りに終わり、瞬はなんとなく不完全燃焼のまま徳永と共に執務室に戻ってきた。

「飲みに行くか」

徳永もまた同じ気持ちなのか、はたまた瞬に気を遣ってくれたのか、徳永が誘ってくれたことをありがたく思いながら瞬が、

「是非！」

と答えたそのとき、勢いよく『特能』のドアが開き、焦った形相《ぎょうそう》の小池が飛び込んできた。

「どうした？」

あまりの勢いに驚いたらしい徳永が、目を見開き小池に問いかける。

「逃げました！　藤岡が警察病院から！」

「ええっ？」

瞬もまた戸惑っていたが、小池が告げた言葉には衝撃を受け、絶句してしまった。

「なぜ逃げられた？　見張りはついていたよな？」

徳永もまた驚いた様子で小池に問いを発している。

「まんまとやられました。看護師を丸め込んだそうです。我々もうかつでした。重傷だったのでまさかこのタイミングで病院から逃げ出すとは思っておらず……」

「お前はここにいていいのか？」

「いや、すぐ捜索に向かいます。捜査一課、二課総出で。一応、徳永さんの耳にも入れておこうと思いまして」

　それじゃ失礼します、と小池は頭を下げたあとに、少し迷うような顔となったが、思い切りをつけたのか、再び徳永に頭を下げた。

「徳永さんのおっしゃるとおり、藤岡は犯人ではありませんでした。信用せず申し訳ありませんでした」

「謝る必要はない。俺もこれという根拠があったわけではないからな」

　徳永は小池の謝罪を退け、ニッと笑ってみせた。

「……ありがとうございます」

　小池は頭を下げたあと、顔を上げ徳永に向かってしみじみした口調でこう告げた。

「牧村を逮捕できたのも藤岡のおかげといっても過言ではありません。捜査一課の皆が藤岡に一目おいている理由がなんとなくわかったような気がします」

　失礼します、と小池が最後にまた頭を下げ、特能を出ていく。

「やたらと美化されているが、藤岡が今回協力したのは自分が犯人にされたくないという理由からだと、小池はわかってるんだろうか」

バタンと勢いよく閉まるドアを見ながら徳永がぼそりと呟《つぶや》く。

「にしても驚きました。まさか病院を逃げ出すなんて」

信じられない、と未だ驚いていた瞬はそう、徳永に話しかけていた。

「あれだけ出血したんですよ。傷も深かったはずです。深手を負った状態で警察と渡り合おうだなんて、何を考えているんでしょう」

「何も考えてないんだろう。逃げること以外は」

徳永は肩を竦《すく》めると、

「行くぞ」

と瞬に声をかけ、ドアへと向かっていった。

その日、徳永が瞬を連れていったのはいつもの『三幸園』ではなく、新宿二丁目のミトモの店『three friends』だった。

「ご報告にと思いまして」

「『捕まらない男』が犯人じゃなかったって？　ご丁寧《ていねい》にありがとう」

さすが徳永さんだわ、とミトモは喜び、またも徳永のボトルではなく高円寺のボトルを開けようと言い出し、徳永を慌てさせた。

「俺のボトルでお願いします。ところでまた藤岡が逃げたんですが、何か情報は入っていませんか？」

「逃げたってこと以外は今のところはないわねえ」

あれから調べたのよ、とミトモは言いながら、徳永と瞬に濃いめの水割りを作り、それぞれの前に置いた。

「潔《いさぎよ》いくらいの一匹狼みたいね。誰ともかかわりがないから、アタシのところにも噂《うわさ》すら入ってきていなかったんだとわかったわ」

「一匹狼……まあ、そうなんでしょうね」

徳永がグラスを傾けながら相槌《あいづち》を打つ。

「イケメンだっていうし、俄然《がぜん》興味が湧いたわ。どうして捕まらないのかも含めて」

ミトモがうきうきとした口調で喋《しゃべ》りながら、「いただくわね」と自分のグラスにも酒を注ぐ。

「それに関してはわかりました」

が、徳永がそう言うと、

「え？　そうなの？」

と驚いた顔となり、手がすっかり止まった。

「どうして捕まらないの？　もしかして警察内に協力者がいたとか？」

「いえ。彼も麻生と同じ能力を持っていたことがわかったんです」

「え？　彼も『忘れない男』なの？」

ミトモが仰天《ぎょうてん》した顔となり、確認を取ってくる。

「本人曰《いわ》く、ですが」

「なるほどねえ。だとしたら『捕まらない』のも納得よね。警官の顔、全員覚えているのなら、見た瞬間逃げればいいんだし」

ミトモは感心した声を上げたあとに、視線を瞬へと向けてきた。

「どう？　自分と同じ特殊能力の持ち主がいることに関して、元祖『忘れない男』の感想を聞きたいわ」

「……年齢からして『元祖』は向こうな気がするんですが……」

瞬がそう言うとミトモは、

「あら、謙虚ね」

と笑ったあとに、しみじみとした口調となった。

「にしても、同じ能力を持っていても、坊やは刑事、向こうは詐欺師《さぎし》って、なんか複雑よね」

「まあそこは、考えてしまいますよね」

徳永は笑顔でそう言うと、一気にグラスの酒を空けた。

「あら、ここはスルーすべきだったかしら」

ごめんなさいね、と笑顔を向けるミトモに徳永もまた「いえ」と笑顔を返す。

「ともかく、事件は解決したってことよね。そしたら乾杯しましょ」

ミトモは空《から》になった徳永のグラスにウイスキーの原液をドバドバと注ぐと、途中になっていた自分のグラスにも酒を注ぎ、

「かんぱーい！」

と陽気な声を張り上げたあとには馬鹿話としか表現し得ない話題に終始したのだった。

終電がなくなる時間に、徳永との飲みはお開きになった。今日もタクシーで帰るという徳永と別れ、駅へと急いでいた瞬は、

「麻生君」

と声をかけられ、まさか、と驚いたせいで物凄《ものすご》い勢いで声のほうを振り返った。

「藤岡……っ」

その場にいたのは瞬が思ったとおり藤岡で、唖然《あぜん》としている瞬に向かい、にこやかな笑

顔を湛《たた》えたまま歩み寄ってくる。

「『新宿のヌシ』が俺のことを探っていると聞いて、なぜなんだと思っていたけど、なんだ、徳永さんも麻生君も、あの店の常連だったんだね」

「……き、傷は？」

涼しげな顔でベラベラと喋る藤岡に違和感を覚えたせいで瞬はまず、それを彼に問いかけてしまった。

「心配してくれているの？　やっぱり麻生君はいい子だね」

しかし藤岡にそう揶揄《やゆ》され、別に心配しているわけじゃないと彼を睨《にら》む。

「逮捕されてもいいと思って姿を現したんだよな？」

「まさか。すぐに消えるよ。ひとこと、礼を言いたかったんだ」

よく見ると顔色が悪い。相当無理をしているのではと、やはり心配になり、瞬はつい、問いかけてしまった。

「大丈夫なのか？　まだ動けるような状態じゃなかったはずだ」

「本当に、君はいい子だね。確かにまだ血が足りなくてふらふらしてる」

「ならなぜ」

病院を抜け出した、と問おうとした瞬の言葉に被《かぶ》せ、藤岡が声を発する。

「でもやっぱり、刑務所には行きたくなかったんだよ。だから逃げた。でも、君と徳永さんには一応、礼を言っておきたいと思って。とはいえ、徳永さんの前に姿を現せば、逮捕されるだろうから、君から伝えておいてくれる？」

「俺だって逮捕するに決まってるだろうが」

やはり舐《な》められているということか、と頭に血が上りかけた瞬に向かい、藤岡がにっこりと笑ってみせる。

「わかってる。とにかくありがとう。それじゃあね。お礼はそのうちに！」

「おい……っ」

笑顔のまま藤岡が踵《きびす》を返す。そのあとを瞬は追ったが、ふいと彼が路地に入った、その路地に既に彼の姿はなかった。

夢を見たのか。いや、現実だ。すぐに徳永に連絡をせねば、と、ポケットからスマートフォンを取り出す。

しかし徳永の番号を呼び出したものの、結局はかけることなく再びポケットに仕舞ったのは、自身の失態を隠そうとしたためでは決してなかった。

自分に対しても上手《うま》く説明ができなかったが、藤岡が徳永と自分に礼を言いに姿を現したことに対し、敬意を払いたい気持ちとなったからではないか、と藤岡が消えた路地を見やる。

しかし明日からは指名手配犯の一人として見当たり捜査で必ず彼を見つけ、逮捕してみせる。自身にそう言い聞かせながら瞬は帰宅の途についたのだった。

「おかえり」

家では佐生が待っていた。

「酒くさいなあ」

「悪い。でも今日ばかりは飲ませてくれ」

「何かいいことあったんだな。わかった。どんないいことか聞かせてくれたらすべて許す」

佐生は偉そうにそう言いながらも、瞬のために水を持ってきてくれた。

「ありがとう」

「いいことって言えば、コッチもいいことあったんだよ」

「へえ?」

佐生が『いいこと』と感じるのは多分、と瞬は当てにいくことにした。

「雑誌に載った短編が好評とか?」

「だといいんだけど」

「新しく掲載が決まった？」

「決まってほしいもんだよ」

問ううちに佐生の顔が暗くなり、答えがやさぐれていく。執筆関係ではないということかと瞬は察したが、それ以外の『いいこと』が思いつかず、佐生の胸の傷を抉《えぐ》るより前にと白旗をあげることにした。

「ごめん、降参。なに？　いいことって」

「それが！　さっき叔母《おば》さんから電話があって、詐欺グループのリーダーが捕まったんだって！」

「え！　本当か！」

驚きと嬉しさから瞬は思わず大きな声を上げてしまった。

「お前、酔っていると一段と声、大きいな」

煩《うるさ》いと言われるのがよくわかる、と呆《あき》れてみせはしたが、すぐに佐生は嬉しそうに状況を説明してくれた。

「叔母さんのところに警察から連絡があったそうだよ。なんでも詐欺グループのアジトを教える匿名《とくめい》の電話があって、リーダー含め全員逮捕できたんだって。叔母さんも旅行から帰ったら面通しに協力してほしいと言われたんだって」

「よかったなあ！」

瞬もまた喜んだものの、匿名のタレコミという部分には少々ひっかかりを覚え、一応確認を取ることにした。

「叔母さんのところに電話をしてきたの、本当に警察だよな？」

「え？　あ。なるほど。新手の詐欺かもしれないと瞬は心配したんだ」

佐生はすぐに瞬の心配を理解してくれた上で、大丈夫、と笑ってみせる。

「叔母さんたち明日戻るんだけど、その足で警察に出向くことになってるから。詐欺師もさすがに警察までは入り込めないだろ？」

「ああ、そうだよな」

心配しすぎか、と頭を掻《か》いた瞬に佐生が、

「まあ、気持ちはわかるよ」

と歩み寄ったことを言ってくれる。

「タイミングがよすぎるというか、警察はずっとその詐欺グループを追っていたって、被害届を出したときに警察でそう言われたんだって。それがグループ全員逮捕だろ？　騙《だま》されているんじゃないだろうかと、真っ先に思ったらしい」

「叔母さん、随分《ずいぶん》用心深くなったたな」

「ああ、二度と詐欺には遭《あ》いたくないからって。すっかり元気になったみたいだよ。温泉の効能もあったのかも」

「どんな効能だよ。用心深くなれる、とか？」

「あり得ない」

もとより飲んでいた瞬はより陽気になり、今飲み始めた佐生は瞬に追いつこうとハイペースで飲んだ結果、彼もまた陽気になる。

藤岡のことは心にひっかかっていたが、佐生の叔母が元気を取り戻したことはやはり喜ばしい、と、その夜、瞬は佐生と共に随分と遅い時間まで祝杯をあげ続けたのだった。

翌朝、二日酔い状態で瞬は警視庁に出勤した。

「おはようございます……」

既に来ていた徳永に挨拶《あいさつ》をすると、コーヒーを飲んで頭をすっきりさせようとバックヤードに向かう。

「あれから飲んだのか？」

怠《だる》そうにしていたつもりはないのだが、顔のむくみで気づかれたのか、徳永が声をかけてくる。

「すみません、佐生の叔母さんが被害を受けた詐欺グループが昨日摘発されたというので、佐生と祝杯をあげてました」

「そうか。それはよかった」

言い訳めいていたかと、言いながら瞬は反省していたのだが、徳永が笑顔になったのを見て安堵《あんど》した。

「はい。叔母さんもすっかり元気になったと、佐生も喜んでました」

「捜査二課のお手柄だな」

徳永が笑顔のまま言葉を続ける。

「なんでも匿名の電話が入ったそうです」

しかしその笑顔も瞬の言葉を聞くと彼の頰《ほお》から失せた。

「匿名の電話?」

「はい、詐欺グループのアジトを知らせる電話があったそうなんですが……」

問いかけてくる徳永の眉間《みけん》にはくっきり縦皺《たてじわ》が刻まれている。そうも真剣な表情となった理由は、と瞬は戸惑いながらも、佐生から聞いた話を彼に明かした。

「……このタイミングで……」

徳永がぼそりと呟《つぶや》く。

「佐生も驚いてました。叔母さんも最初、騙されているんじゃないかと疑ったそうです。

被害届を出したときに、かなり長いこと追っている詐欺グループと言われたとのことだったので」

瞬の言葉に徳永は反応を見せない。彼の言う『タイミング』はそういう意味ではないのか、と瞬は首を傾《かし》げた。二日酔いのせいか、頭がまるで働いていないことを情けなく思いつつ瞬は、それでも気力で考えようとしたのだが、何も思いつかなかった。

「あの……？」

となると聞くしかない、と、おそるおそる瞬は徳永に問いかけた。

「……確証はない。だが、もしや、と思ったんだ」

徳永が言葉を濁《にご》すのを前に瞬は、彼の意図がまるで読めず首を傾げた。

「『もしや』？」

「昨日、藤岡が病院から逃げただろう」

「はい……え⁇」

頷《うなず》いたあと瞬は、まさか、と思わず大きな声を上げてしまった。

「藤岡が密告者だと⁉」

「本人に聞かないかぎりはわからない。しかし彼は我々に恩義を感じていたようだから、もしやと思ったんだ」

徳永はそう言ったが、すぐ、苦笑し首を横に振った。

「ただの偶然かもしれない。奴を見つけないかぎり確かめようがないな」

「……は……はい」

少しも考えていなかっただけに、ただただ戸惑いを覚える。しかし、『彼を見つけないかぎり』という徳永の言葉が瞬に、昨日、己の前に姿を見せた藤岡を思い起こさせた。

まさか——確かに彼は自分に礼を言った。だがまさか彼のおかげで詐欺グループが摘発されただなんて。そんなことはあり得るんだろうか。

あり得——そうな気がする。いつしか一人の世界に入り込み、頷いてしまっていた瞬に徳永が声をかけてくる。

「あと十分で見当たり捜査に向かうが、体調は大丈夫か？」

「あ、すみません。大丈夫です！」

実際のところ、藤岡が恩返しをしてくれたか否《いな》かは、徳永の言うとおり彼に聞く以外、確かめようがない。

そのためにも彼を含む指名手配犯の逮捕に向かわねば。意識も新たに大きく頷いた瞬に徳永は、それでいい、というように優しく、そして彼自身の意志を感じさせるきっぱりした動作で頷いてみせたのだった。

集英社オレンジ文庫をお買い上げいただき、ありがとうございます。
ご意見・ご感想をお待ちしております。

● あて先
〒101-8050　東京都千代田区一ツ橋2-5-10
集英社オレンジ文庫編集部 気付
愁堂れな先生

# 捕まらない男
～警視庁特殊能力係～

集英社
オレンジ文庫

2021年6月23日　第1刷発行

著　者　愁堂れな
発行者　北畠輝幸
発行所　株式会社集英社
〒101-8050東京都千代田区一ツ橋2-5-10
電話【編集部】03-3230-6352
【読者係】03-3230-6080
【販売部】03-3230-6393（書店専用）
印刷所　凸版印刷株式会社


ISBN 978-4-08-680389-2 C0193

集英社オレンジ文庫

**後白河安寿**

**原作／村田真優　脚本／吉川菜美**

映画ノベライズ

# ハニーレモンソーダ

中学時代“石”と呼ばれていた
地味な自分を変えるため自由な高校に
入学した羽花。かつて自分を励ましてくれた
レモン色の髪の男の子・三浦くんとの
再会で毎日が輝いていくけれど…？

コバルト文庫　オレンジ文庫

# 「ノベル大賞」

# 募集中！

小説の書き手を目指す方を、募集します！
幅広く楽しめるエンターテインメント作品であれば、どんなジャンルでもＯＫ！
恋愛、ファンタジー、コメディ、ミステリ、ホラー、ＳＦ、etc……。
あなたが「面白い！」と思える作品をぶつけてください！
この賞で才能を開花させ、ベストセラー作家の仲間入りを目指してみませんか!?

## 大賞入選作

**正賞と副賞300万円**

## 準大賞入選作

**正賞と副賞100万円**

## 佳作入選作

**正賞と副賞50万円**

**【応募原稿枚数】**

400字詰め縦書き原稿100〜400枚。

**【しめきり】**

毎年1月10日（当日消印有効）

**【応募資格】**

男女・年齢・プロアマ問わず

**【入選発表】**

オレンジ文庫公式サイト、WebマガジンCobalt、および夏ごろ発売の文庫挟み込みチラシ紙上。入選後は文庫刊行確約!
（その際には、集英社の規定に基づき、印税をお支払いいたします）

**【原稿宛先】**

〒101-8050　東京都千代田区一ツ橋2-5-10
（株）集英社　コバルト編集部「ノベル大賞」係

※応募に関する詳しい要項およびWebからの応募は
公式サイト（orangebunko.shueisha.co.jp）をご覧ください。